黄金の市

剣客大名 柳生俊平

JN210402

麻倉一矢

二見時代小説文庫

目次

黄金の市

――剣客大名 柳生俊平《としひら》 9

黄金の市——剣客大名　柳生俊平9・主な登場人物

柳生俊平《やぎゅうとしひら》……柳生藩第六代藩主。将軍家剣術指南役にして茶花鼓《ちゃかぽん》に通じた風流人。

伊茶《いさ》　浅見道場の鬼小町と綽名された剣の遣い手。想いが叶い俊平の側室に。

梶本惣右衛門《かじもとそうえもん》…服部半蔵の血を引き、小柄打《こづか》ちを得意とする越後高田藩以来の俊平の用人。

立花貫長《たちばなやすなが》……一万石同盟を結んだ筑後三池《ちくごみいけ》藩一万石藩主。十万石の柳河立花藩は親藩。

喜連川茂氏《きつれがわしげうじ》……公方様《くぼうさま》と称される足利《あしかが》家の末裔の喜連川藩主。一万石同盟に加わる。

玄蔵《げんぞう》……遠耳の玄蔵と呼ばれる大奥お庭番。吉宗の命《めい》により俊平を助ける。

さなえ……お庭番十七家の中川弥五郎左衛門配下だった紅一点。玄蔵とともに働く。

大岡忠相《おおおかただすけ》……南町奉行より寺社奉行に転ずる。俊平とともに悪を糾す。

神尾春央《かんおはるひで》……過酷な取り立てで年貢増収を果した勘定奉行。

水野勝庸《みずのかつのぶ》……下総《しもうさ》の結城藩《ゆうきはん》の若い藩主。

大樫段兵衛《おおがしだんべえ》……藩を飛び出していた、貫長の異母弟。兄と和解し、俊平の義兄弟となる。

団十郎《だんじゅうろう》……大御所こと二代目市川団十郎。江戸中で人気沸騰の中村座の座頭。

鴻池平右衛門《こうのいけへいえもん》　鴻池の江戸店《だな》を任されている。金の力で大名にも顔が利く。

脇坂主水《わきさかもんど》……留守居役を兼務する柳生藩江戸家老。

森脇慎吾《もりわきしんご》……柳生藩小姓頭。実直な男であるが巷の賑わいが好きな意外な一面を持ち合わせる。

第一章　裏金潰《つぶ》し

一

「このところ、祝い物の落雁《らくがん》が年を追って不味《まず》いものになっておるな」

上巳《じょうし》の節句《せっく》の総登城で、狭い大部屋に押し込められた小大名を見まわして、筑後《ちくご》三池《みいけ》藩主立花貫長《たちばなやすなが》が小声でそうぼやき、ひと欠片《かけら》だけ口に入れてすぐに菓子皿《かしざら》に放り出してしまった。

「ま、まことよの」

隣の同じく一万石大名の柳生俊平《やぎゅうとしひら》が、口に入れた落雁を吐き出すわけにもいかず、もごもごと口を歪《ゆが》めてからごくりと飲み込んだ。

「まこと、まこと」

同意の声が、前後の席からあがる。

——どうにも、あの連中とは肌があわぬ。

と、柳《やなぎ》の間《ま》から逃げ出してきた足利《あしかが》将軍家の血をひく喜連川《きつれがわ》藩五千石藩主喜連川茂《しげ》氏《うじ》が苦笑いしてその二人のようすを見やり、にやりと笑うと、食べかけの落雁を頬《ほお》ばって、

「なに、美味《うま》いと思えば、なんでも美味い」

禅問答《ぜんもんどう》のようにそう言う。同じ一万石同盟の仲間といっても、この「公方様《くぼうさま》」こと茂氏は品性も辛抱強さも一段上のようである。

毎年、三月三日の上巳の節句は定例の登城日で、諸大名は城に上がり、将軍からの祝辞を慎《つつし》んで伺《うかが》い、徳川《とくがわ》への忠誠を誓い、祝いの菓子を仰《ぎよう》々《ぎよう》しく賜《たまわ》ることになっている。

それを、二万石以下の菊《きく》の間詰《まづ》めの大名たちが、いま黙々と口に運んでいるところなのであった。

「だが、そのようなことを言っていても始まらぬ。将軍家とて我ら同様、ご金蔵《きんぞう》の金銀が年々減ってさえいると聞く。祝いの菓子とて、いつまでも贅沢《ぜいたく》な物を配りつづけるわけにもいかぬのであろうよ」

二人を見かえし、俊平がそう言えば、

「だが、妙じゃの。こたびは勘定奉行《かんじょうぶぎょう》神尾春央《かんおはるひで》殿が、農民をぎゅうぎゅうと絞りあげ、だいぶ税収を増やしたというではないか」

さすがに〈公方様〉の異名をとる喜連川茂氏だけに、つねに目線は高く、為政者《いせいしゃ》である徳川家の立場で考える余裕がある。

「あの悪評高い神尾春央めか。話は聞いておるぞ。胡麻《ごま》と百姓は絞るだけ絞れと言い、過酷《かこく》な取り立てで税収を増やしたという情け容赦《ようしゃ》もない男であろう」

立花貫長も、うなずいてみせた。

「そうでもせねば、税収は増えぬものか」

俊平も、重い吐息《といき》を漏らし、首を振った。

大広間のあちこちから同じような溜息が聞こえてくる。いずこの藩主も、税の取り立てには苦い思いをしているらしい。

と、三人の前に座っていた新参者らしい見かけぬ大名が、いきなり三人に振りかえり、

「あの……」

と、遠慮がちに声をかけてきた。

「はて、そこもとは見かけぬ顔だが――」

貫長が、いぶかしげにその若い大名の顔を見かえした。

いかめしい大顔だけに、その若い大名はやや退いてから、

「お初にお目にかかる。それがし、こたび下総《しもうさ》は結城藩《ゆうきはん》を継いだ水野勝庸《みずのかつのぶ》と申す者。新参者でござる、よしなにおひきまわしのほどを賜りたい」

そのまだ二十歳を過ぎたばかりのような若い藩主は、三人に口を利《き》いてもらったのが嬉しいのか、顔をほころばせて喜んだ。

「結城といえば、あの結城紬《つむぎ》で有名な……」

「さようでござる」

と水野勝庸は、大きくうなずいて誇らしげに俊平を見かえした。

結城藩は、もう常陸国《ひたちのくに》に近い下総の小藩で、土地の産物である結城紬は、その上品な風合いが人気で諸国に広く出荷されつとに名高い。

その無撚糸《むねんし》を用いた手つむぎの柔らかな風合いは肌に心地よく、俊平も、茂氏も、貫長も数着持っており、お気に入りの逸品である。

「いやいや。結城といえば、あの辺りではむしろ財宝で有名であろう」

喜連川茂氏が、俊平を制した。

茂氏の領地が、下総に近い喜連川だけにさらに詳しい。

「おお、そうであったな。あれはもとは奥州藤原氏《おうしゅうふじわらし》の黄金と聞く。大御所神君家康《しんくんいえやす》公も、あの財宝は狙っておられた」

立花貫長が、狙っていたというところを強調して言った。

「狙っていたでは、神君家康公も形無《かたな》しだな。まるで泥棒猫《どろぼうねこ》のようだ」

俊平はくすりと笑って、なにごとにも慎重で手堅かった徳川家康の山っ気をからかった。

「それゆえ、次男の秀康《ひでやす》殿を結城家に養子入りさせたというではないか」

貫長が言えば、

「いや、結城家に養子入りさせたのは太閤《たいこう》殿下だよ、のう」

喜連川茂氏が、そう訂正して勝庸を見かえした。

太閤秀吉《ひでよし》の子が生まれ秀康が豊臣家《とよとみけ》を継ぐ目がなくなったので、養子縁組を解消した後の話である。

「その結城家の跡を継いだのが水野家でござる。禄高わずか一万八千石のわりに、おかげさまで藩名は世間に通っておりまする」

水野勝庸は、みなが領地の結城のことをよく知ってくれているのが嬉しいのか、しだいに声を高めはじめた。

「お近づきのしるしに、菓子などいかがでござる」

勝庸は、懐《ふところ》から紙に包んだ上菓子を取り出し、三人の前に差し出した。

やんわりとした風合いの上品な菓子である。

「ほう、これは美味そうだの。しかしこの菓子、いったいどこで手に入れた。おぬしも禄高一万八千石ならこの菊の間詰めであろう。祝いの菓子は、このカスカスの落雁ではないのか」

貫長が、いぶかしげに問いかけると、

「むろん、菊の間詰めではございますが、じつはこちらは貰い物にて」

勝庸は、鬢《びん》を掻《か》きながら愛想よく笑った。

「このような上等な菓子を、おぬしは城中でよく貰い受けるのか」

茂氏が、怪訝《けげん》そうに勝庸を見かえした。

「そういえば先ほど、お廊下でおぬしが茶坊主《ちゃぼうず》からそれを貰っているところを見かけたぞ」

茂氏が、膝《ひざ》を打って勝庸を指さした。

勝庸はバレたかと笑いかえす。

「その茶坊主は、ただの使い走りで、さるお方から託されたものにて」

「さればその上菓子を、茶坊主はいったい誰から託されたのだ」

貫長が、たたみかけるように訊ねた。

「それは……」

「言わぬなら、もろうてやらぬ」

貫長が、さらに挑発するように言った。

「申しまする。じつは、勘定奉行の神尾春央殿からいただいたものでござる」

「勘定奉行の神尾春央だと」

貫長が、意外そうに俊平と顔を見あわせた。

神尾の名は先ほど出たばかりである。

幕閣内でもことに切れ者で通っており、農民からの過酷な税の取り立てで名を馳《は》せた勘定奉行だ。年貢増徴《ねんぐぞうちょう》により、幕府の税収を改善させて、吉宗《よしむね》から感状《かんじょう》を受けている。

周囲の大名が、その名を耳にしいっせいに振りかえった。

「わからぬな。たしかに神尾は遣《や》り手の勘定奉行だが、あ奴は直参旗本《じきさんはたもと》。大名に菓子を付け届けして、なんの意味がある」

関取《せきとり》のように大柄な茂氏が、その大頭をこくりと傾げて、水野を見かえした。

「されば、財宝の分け前にでもありつこうということか。金の亡者《もうじゃ》の勘定奉行ならばやりかねぬことだ」

貫長が、いまいましげに言うと、

「いえ、そういうことではなく……」

勝庸は、困ったように言って口をもごつかせた。

「じつは神尾殿は、姫を私の室《しつ》に貰うてはくれぬか、と申されておりましてな」

「はは、縁談か」

茂氏がわかったと膝を打ち、カラカラと笑った。

「ご老中の松平乗邑《まつだいらのりさと》様の口利きにて、当家としても無下《むげ》にはお断りできませぬゆえ」

「なるほどの。海老《えび》で鯛《たい》を釣る手法もあったか。だが、強引な取り立てをする勘定奉行が、ずいぶんとまわりくどいことをするものだの」

貫長が差し出された上菓子をひとつつまみし、ポイと口に放り込んで、にんまりとした。

「俊平殿、これはなかなか美味いぞ」

「どうれ」

俊平も、紙包みに手をつっ込んで菓子を口に投げ込む。

「うむ、美味い、美味い」

「されば、私も」

茂氏も、二人につられて手を出した。

茂氏は〈公方様〉、さすがにこれくらいの味では驚かぬと小さくうなずいた。

「それにしても水野殿、なにゆえだ。このような菓子を、私たちに差し出すわけは」

貫長が、あらためて若い藩主を怪訝そうに見かえした。

「じつは、皆様方のことは、菊の間ではつとに有名で、とても愉しい方々ゆえ、ぜひお仲間に入れてもらえ、とさるお方に勧められまして」

「それは、その茶坊主か」

「まあ……」

「その茶坊主も、なにかと口を利いて、結城の黄金のご利益にあずかろうというわけだな」

貫長が体を傾けて俊平に耳打ちするが、地声が大声だけに周囲にもよく聞こえているようである。

「さあ、それは……」

勝庸が貫長を見かえし、困ったようにそう言ってから、

「わたしを、どうかお仲間に加えてくださりませぬか。末席でけっこう。皆様にはきっとお役に立ちまする」

勝庸は、三人の前で膝をととのえ、深々と頭を下げた。

どうやら、その若さで諸大名の間に投げ込まれ、よほど心細いらしい。周囲の大名の間から、失笑がもれる。

「いやだな。おぬしのような青臭い若造は。話が合わぬ。のう、俊平どの」

「さ、それは」

俊平も、返す言葉がなく、勝庸を見かえした。

「それに、おぬしは一万八千石。我らはみな一万石だ」

「そこを、なんとか……」

水野勝庸は、三人に手を合わせた。

「それを申さば、そちらの喜連川様は、たしか五千石。それに、お部屋も違いましょう」

「なに、少ないぶんにはよいのだ。八千石も多ければ、いささか鼻につく」

貫長は、大きな団子鼻《だんごっぱな》の下をごそりと指でなぞった。

「そうだ。おぬしは二万石大名と同盟をつくればよいではないか。さしずめ、こちらの森政房《もりまさふさ》殿は播州赤穂《ばんしゅうあこう》二万石だ」

貫長の前に並び、こちらに背を向けている赤穂藩主森政房に声かけた。先の貫長の殿中での刃傷沙汰《にんじょうざた》では、すっかり世話になった気のよい藩主である。

「はて、それは」

森も、貫長を見かえし笑うばかりである。

「そのような……」

勝庸が、とうとうベソをかいてうつむいた。

「おぬし、歳はいくつだ」

茂氏が、やさしげに勝庸の肩をとって訊ねた。

「今年で、二十一になりました」

「よかろう。あと三年の後に、仲間に入れてやる。それまでは、しばし待て」

茂氏がそう言って念を押すようにもういちど勝庸の肩をたたくと、周囲の大名の間から、ようやく話はついたと吐息《といき》が漏れた。

むろん、さすがに公方様というわけだが、上手《じょうず》に逃れたとみなは見ている。

「それにしても、水野殿。おぬしのところはよいの」

茂氏が、あらためて勝庸に声をかけた。

「なにが、でござりまする」

勝庸が、怪訝そうに茂氏を見かえした。

「それだけ財宝があれば、藩の遣り繰《やく》りも、苦労はあるまい。われら一万石大名は、日々爪《つめ》に灯《とも》を点すようにして諸般の支出を切り詰めておる。幕府もこれこのとおり、上巳の節句の下さり物も、年々寂《から》しいものになっておる」

貫長が、そう言って水野に絡めば、

「当家に、そのような財宝などありませぬ。これまでにも、聞いたこともなく、むろん城跡を掘りかえそうとも思いませぬ」

勝庸は、どうやら仲間に入れてもらえぬと見たか、にわかに白々《しらじら》とした口ぶりになって言った。

と、俊平の顔見知りの茶坊主がスルスルと近づき、

「柳生様――」

と声をかけてきた。

いつも将軍吉宗との間を取りついでくれる茶坊主である。

「上様がお呼びか？」

俊平は、茶坊主を見かえした。

「さようでございます」

「さては、これか――」

茂氏が、指を二本突き出し苦笑いした。

どうせ将棋《しょうぎ》のお相手であろうというわけである。

だが茶坊主の表情は、なにやらいつもとちがってどこか重苦しい。

「このところ、上様は負けがこみ、ご機嫌斜めだ。たまには負けてさしあげねばならぬか」

苦笑いして唇を曲げ、俊平は立ち上がると、一万石同盟の二人に別れを告げ、足早に長い廊下を中奥《なかおく》将軍御座所《ござしょ》へと向かった。

二

「ここは、一枚金《きん》が欲しい局面じゃの」

上巳の節句の総登城では、大広間で胸を張って諸大名を見下ろし、威厳のある姿を見せていた八代将軍吉宗も、将軍家剣術指南役で同じ御家門《ごかもん》出の柳生俊平の前では、うって変わってくつろいで飾ることなく己の素顔を見せてはばからない。

この日も、俊平との将棋の対局にかこつけ、日頃の不満をほろほろと語りかけるのであった。

将軍のなかでも大の将棋好きで、御城将棋の式日を十一月十七日と定め、将棋の家元御三家（大橋《おおはし》本家、大橋分家、伊藤《いとう》家）に城中で御前対局を行わせるほどの吉宗である。

だが、腕前はそこそこで、俊平とはよくて五分、勝つほうが少ないほどの腕前で、このところ、負けがこんできているためか、目の色もちがってきている。

だが今日の吉宗は、将棋のことは二の次で、駒の金にかこつけ俊平に財政難を嘆きたいらしい。

「金と申さば、先年の小判改鋳《かいちゆう》にてひと息ついたと存じまするが……」

俊平は吉宗の嘆きを読みとって、元文《げんぶん》元年（一七三六）五月から鋳造が始まり、六月から通用が開始された〈元文小判〉へと話の矛先《ほこさき》を向けた。

この小判の表面には、鏨《たがね》による茣蓙目《ござめ》が刻まれ、上下に桐紋《きりもん》を囲む扇枠《おうぎわく》、中央上部に「壱両」その下に光次《みつつぐ》の極印《ごくいん》と花押《かおう》、裏面は中央に花押、下部の左端に小判師の

験極印《けんごくいん》が、さらには吹所《ふきどころ》の験極印、その右上には
「文」の文字が刻まれた堂々たる小判である。

だが、これだけ小判を立派に見せ、権威づけしているのには訳があった。

元禄《げんろく》年間の改鋳で金の含有量を落とし、不評を買ったことから、正徳《しょうとく》年間には元の比率に戻したのだが、今回の改鋳は、金が六十五パーセント余、銀が三十四パーセント余と、元禄小判よりもさらに金の含有量が少ないからである。幕府の財政難のため、あえて強行した止むに止まれぬ貨幣改悪策であった。

「あれも、止むなくやったことで、他に策はなかった。されば、さらに緊縮財政につとめねばなるまい」

「まことでございますな。さりながら、上が緊縮を叫べど、下はなかなか動かぬのが世の常でございます。我が柳生藩も、よほど心して財政改革に取りかからねばと、日々気を引きしめております」

俊平は、首を振って嘆きながら、ちらと吉宗をうかがった。

この嘆きには、影目付《かげめつけ》を引き受けた折の加増の約束への、俊平なりの催促《さいそく》の気持ちが乗せられている。

「そちのところも、遣り繰りがよほど厳しいのか？」

吉宗は俊平の意図を汲《く》んで、話題を柳生藩の財政に向けた。

「まことにもって」

「ふむ。そうか」

吉宗は、盤面をずっと睨《にら》んでいる。

「すまぬの。加増のこと、いましばし待ってくれぬか」

吉宗は、やおら面《おもて》を上げて俊平を見かえした。

「ご配慮いただき、まことにありがたきことにござります。されば、ゆるりとお待ちいたしまする」

俊平は、駒をパチリと盤に置いて、攻めに入る。

茶が運ばれてくる。茶碗も茶托《ちゃたく》も立派なものだが、茶は薄く、菓子はさきほどの落雁であった。

「それにしても、加増は当面無理としても役料はなんとか叶《かな》えてやりたいものじゃがの」

吉宗は、ふと俊平に顔を向け、やはり俊平の嘆きがそのあたりであろうとにやりと笑った。

「影目付という役目ゆえ、おおっぴらに役料を付けられぬところが苦しい。二千石余を増すよう思うておったが、当面やり繰りがつかぬ」

　吉宗は、困り果てたように言った。

「なんの、お気持ちはありがたく頂戴しております」

「幕政はまことに金がいる。役職ごとに手当てはじゅうぶん付けておるが、余った金は、けっしてもどそうとせぬようだ。すべて空の費用を計上し、裏金となって消えてしまっておる」

　つまり、各役職ごとにたっぷり貯め込んでいるはず、と吉宗は秘かに読んでいるらしい。

「諸役は、しっかり知恵を絞っておるようでございますな。勘定方に、一度調べさせてはいかがかと存じまする」

　俊平が、吉宗の次の一手をじっと待ちながら言いかけた。

「だが、やはりそれは無理であろうな。みな、一味同心《いちみどうしん》じゃ。勘定方も、憎まれてはかなわぬと隠蔽《いんぺい》しよう。聞けば、その勘定方に知恵をつける商人までおるというではないか」

「はて、そのようなことまで。しかしながら上様は、なにゆえそのような内情までご存じでございまする？」

「忠相《ただすけ》じゃ。あ奴、寺社奉行となって暇で困ると申すゆえ、このところ少しずつ内偵させておる。だが、寺社奉行の立場では、限りがあるようじゃがの」

「寺社奉行は、それほど暇でござりまするか」

「うむ」

「寺社の評定《ひょうじょう》はさほど多くはなく、まこと閑職のようじゃ。だが、さればこそ、忠相にはいろいろ仕事がまかせられる」

「なるほど。そこまで読み切っての大岡《おおおか》殿の寺社奉行拝命ということになりまするか」

「むろん、町奉行で心身ともに磨《す》り減《へ》らしておったゆえ、助けてやったのじゃが、多忙な町奉行のほうがまだよかったとこぼしておった。そこで、忠相が思いついたのが、裏金究明の一件。幕府の財政改革は、まず城内で裏金を貯め込む獅子身中《しししんちゅう》の虫《むし》を炙《あぶ》り出すことが肝要と申しておったわ」

「しかし、それは、前途多難なことと存じあげます」

俊平は結局、お鉢が自分に向けられていることに気づき、そろりと身を引いた。

「そう逃げるな。俊平」

吉宗は、にたりと笑って駒を置き、俊平を追って膝を乗り出した。

「そちのために用意する役料を工面《くめん》するためにも、この裏金の炙り出し、ぜひにも引き受けてはくれぬか。きっとそちのはたらき、無駄にはいたさぬ」

吉宗は、困惑して伏せる俊平の顔をのぞき込むようにして言った。

「とは申されても、その大役、あまりに漠として果たしてどこから手をつけてよいやら見当もつきませぬ。それがしは、一介の剣術指南役」

「いやなに。要《かなめ》となるのは、勘定奉行じゃ」

「勘定奉行……？」

「神尾春央じゃ」

吉宗は、にたりと笑って思いがけない男の名を口にした。

そういえば、本日、上巳の節句の登城日に、水野勝庸に上菓子の差し入れをしたあの男である。

神尾は、吉宗も一目《いちもく》置く勘定奉行で、過酷な年貢の取り立てで念願の年貢増収を果たし、吉宗の享保《きようほう》の改革の一端を担っている。

「上様。神尾殿の手法を、それがしにも応用せよと申されまするか」

俊平が、苦笑いして吉宗を見かえすと、

「いや、そうではない。あ奴は、絞るのも上手《うま》いが、こっそり貯め込むのも巧みなようなのじゃ。あ奴、どうやら幕府の諸奉行に、裏金づくりをこっそり教えているというもっぱらの噂だ」

「裏金づくりを、でござりまするか?」

俊平は、あきれかえって吉宗を見かえした。

「うむ。経費を水増しして請求したり、空手形《からてがた》を切って、それを経費とする手法など、いろいろあるらしい。今や幕府の諸役人は、上から下までそうした手を使って裏金をつくっているという」

「なんとも、したたかな。まこととも思われませぬが……」

「あ奴め、賄頭《まかないがしら》、納戸頭《なんどがしら》、勘定吟味役《ぎんみやく》など、金をあつかう経験がまことにもって豊富での。帳簿の管理ばかりか、費用の操作もお手のもので、容易に尻尾《しっぽ》をつかませぬ。さらに勝手掛《かってがかり》老中の松平乗邑の懐刀でもあり、余としてはなかなか手を出しにくい」

「はて、それは困りましたな」

「あ奴はできる男だ。上手に使いこなせば、幕府の役に立つ。ただ、善悪のさかいがつかぬところがある。余の改革に貢献した功労者ゆえ、あまり目くじらを立てとうないが、それでも、財政逼迫《ひっぱく》の昨今、甘い顔ばかりもできぬでの。そうした裏金も集めれば、大きな金になる」

吉宗は、苦々しげに唇を歪めた。

「そのような企《たくら》みを、一介の剣術指南役であるそれがしが、打ち崩すことができましょうか。この話、ご信任いただきましたは光栄なれど、それがしにはちと荷が重すぎるように思われまする……」

俊平は盤面から顔をあげ、呻《うめ》くように言った。

「なに。勘定奉行は、他に何人もおる。専門的なことは、その者らに任せればよい。それに忠相も勉強しておる。わからぬことは、忠相に訊ねよ」

「されば、そのお役、大岡殿ではなく、それがしのわけは」

「忠相にはの。今、ちと大事な仕事を申しつけておる」

吉宗は、そこまで言って、言いにくそうに口ごもった。

「大事な仕事、でございまするか……？」

「同じ収入増の試みではあるが、ちと変わっておっての」

吉宗は、その話は終わりとばかりに視線を盤面に戻した。

「はて、なんのお話かわかりかねます」

「うむ。まだ手つかずの増収源がある」

俊平が、興味深げに伏目がちの吉宗をうかがった。

「あれは、忠相が一人で大丈夫」

「なにをお隠しでござります。面白そうな話でござりまするな。ぜひにもお聞かせいただきとうございます」

「そうか、俊平」

吉宗はうかがうように俊平を見かえした。

「なにやら、胸躍ります」

「わしはの、現実を見る男でな。空想に耽《ふけ》るのは、余り好きではない」

「心得ております」

「じつはの、老中の松平乗邑が、財政難の折、神君家康公も関心を示していた一件、いまいちど取り組んでみてはと勧めるのじゃ」

「はて、松平様が――」

「うむ、この話、考えてみると、馬鹿にはできぬ額となるようなのだ」

「それは、ぜひにもお確かめになったほうがよろしうござる」

俊平は、ははあと吉宗を見かえし、うなずいた。

神君家康公も熱心に取り組んだといえば、すぐに思い浮かぶのが結城家の財宝である。

「それは、なんでございましょうや」

「財宝じゃ、結城家の財宝だ」

吉宗の表情がふと明るくなった。

「あの財宝、まちがいなくあるらしい」

「さようで、ござりまするか……」

「うむ、そのようなのじゃ」

吉宗はしばらく俊平を見つめて、考え込むように宙を睨んでいたが、いよいよ真顔となって膝を乗り出した。

「いや、あると思う。昨日も昨日とて、大奥《おおおく》では結城などという小藩に、それだけの財宝が眠っておるはずはないなどと笑われたが、結城家は鎌倉《かまくら》幕府創設の折、源《みなもとの》頼朝《よりとも》公に命ぜられ、奥州藤原氏を討伐《とうばつ》に出向き、その財を持ち帰ってきたのじゃ。それは、記録にも残っておる。奥州藤原氏と言えば、残した財宝も並大抵のものではあるまい。金色《こんじき》の阿弥陀堂《あみだどう》など、かつて平泉《ひらいずみ》は黄金の都と言われておった」

「その財宝を結城家が奪ってきたとなれば、まちがいなく大金でございましたでしょうな」

俊平も、なるほどそうであろう、とうなずいた。

「いったん太閤殿下の養子となった家康公の第二子の結城秀康様も太閤に御子ができると、ふたたび結城家に養子に入れられましたな」

「だが、秀康公に金銀財宝を奪われるのを恐れた結城家十七代の晴朝《はるとも》は、その財宝を城中の何処《どこ》かに隠し、秀康公には与えなかったと聞く。秀康公は、その後越前《えちぜん》に移封《いほう》され、結城家は結局お取り潰しとなった。以来、直轄領として幕府は密かに財宝を探したが、出ずじまいであった。やがて年月とともにそれも忘れ去られ、彼の地は水野にくれてやることとなったらしい。その後、水野は新たな城を築き、古い城は埋もれたままという」

「水野勝庸殿は、菊の間詰めゆえ、よう知っております」

俊平は、立花貫長に若造めと嘲《あざけ》られた水野勝庸の飄《ひょう》げた顔を思い出し、苦笑いを浮かべた。

「目端《めはし》のよく利く、まことに調子のよい若造じゃ。あ奴には、出れば一分くれてやると申し、忠相に探させることにした。余は、あの財宝はまだあると見ておる」

「しかしながら……」

俊平はそこまで言って、口ごもった。吉宗の熱意に水を差すだけと憚《はばか》られたのであった。

「なんじゃ、俊平。遠慮なく申してみよ」

「埋もれたままであれば、それはあるかもしれませぬが、やはりただ城下にあるであろうでは、いささか雲を摑《つか》むような話でございます。旧城の敷地は広く、忠相殿も難儀をされましょう」

「わかっておる。じゃがの、幕府はいま財政に窮しておる。だからこそ、おぬしの知識を借りたい」

俊平は驚いて吉宗を見かえした。いつの間にか話が、俊平が大岡忠相を手伝うことになってしまっている。

「と、申されても……」

「おぬしも、何か知恵があれば忠相に助言してやってくれ。いくつか言い伝えも残っておるようじゃ」

「言い伝えでございますか」

俊平は困りはてながら、それを顔にも出さずうなずいた。

それを、うかがうように見ていた吉宗であったが、

「それにしても、まことに金が足りぬのは困ったものじゃ」

やがて盤面に目をもどした。

「されば、それがしの番でございましたな」

俊平はしばし考えて、吉宗の陣にぴしゃりと銀を打った。

「なに、そのような手があったか」

吉宗は俊平を見かえし、苦々しそうに膝を打った。

「やはり、飛車《ひしゃ》を逃して、金《きん》をお捨てになるより策はないかと」

「これでは、金がますます無くなってしまう」

「いえ、きっと結城の埋蔵金が出てまいりましょう」

「これ、俊平」

吉宗は、苦笑いして俊平を見かえし、飛車を盤面の端に逃した。

三

「上様も、まこと、ヤキが回られたものだ」

その日下城した柳生俊平は、藩邸にもどり伊茶《いさ》の膝にごろりと頭を乗せて、遠慮のない口ぶりで将軍吉宗を揶揄《やゆ》してみせた。

「まあ、そのようなことを申されては」

むろん藩邸内、それも伊茶の膝の上だから、いくら将軍の悪口雑言《あっこうぞうごん》を浴びせたところで城の奥まで届くはずもない。

たとえ吉宗の耳に届いたとしても、もはや吉宗と俊平のあいだがら、目くじらを立てるはずもないのであった。だが、それだからこそ、吉宗は俊平に無理難題を押しつけてくるとも言えよう。

部屋に入ってきた用人の梶本惣右衛門《かじもとそうえもん》が、慌てて二人の密事に目をふせたが、

「よいのだ、惣右衛門も座れ」

俊平にそう言われて、年来の用人が首を撫《な》でながら着座した。

「でも、俊平さま。これまでの上様《うえさま》なら、とても仰せにはならぬような話でございまするな」

伊茶は、膝の上の俊平を見下ろして、ちょっと真顔になった。

俊平は、惣右衛門にも城中での出来事をひととおり話して聞かせてやると、

「たしかに、上様であれ、普段ならとても仰《おお》せにならぬお話でござる」

と、惣右衛門が唸った。

「財宝探しなど、いささか子供だましと存じます。上様にはもっと堅実に政《まつりごと》を見ていただかねば」

「まあ、それはそうでござりましょうが、上様も財政再建ではもはや万策尽《ばんさくつ》きておられるのでは」

惣右衛門が、幕政改革で苦境に立たされている吉宗に同情して言った。

「それにしても、結城家の財宝探しは、出て来ずとも笑い話ですまされましょうが、裏金探しはまことにやっかいでございまするぞ」

惣右衛門が、眉を寄せて俊平を見かえすとさらに続けて言った。

「ただ、ここで殿もひとがんばりなされば、後々はその知恵がお役に立つやもしれませぬな」

「その知恵を身につければ、我が藩の裏金もあぶり出させるかもしれぬ、というわけか」

俊平が冗談半分に言った。

「しかしながら、裏金は潤滑油《じゅんかつゆ》のようなものでもござりまするので、あまり絞りあげては、藩もぎすぎすいたします」

「だが、柳生藩の財政も、まことに厳しいと聞いておる」

「さようではございまする。江戸家老脇坂主水《わきさかもんど》殿も東奔西走《とうほんせいそう》」

「当藩のことはともかく、幕府の方は、勘定奉行の神尾春央を抑えれば、なんとかなるやもしれぬと上様は申された。ただ、神尾の背後には、つねに勝手掛老中の松平乗邑様が控えているのが、ちと面倒のようだ」

「まことにもって」

惣右衛門が俊平にうなずいてみせた。

「松平様は、抜け荷の追跡を邪魔したあのお方でございましたな」

「そうなのだ、こたびも、あの御仁がやっかい」

俊平は苦虫《にがむし》を嚙《か》みつぶした顔をして頰を撫でた。

「まあ、なんとかなろうよ。なにごとも余裕を持って」

「まことに。急いてはいけませぬ。柳生は〈後《ご》の先《せん》〉でございます」

伊茶も、俊平を膝に乗せたまま、大きくうなずく。

「それに、裏金はどこの藩にもあるようです。もし探り当てれば当藩の財政事情もだいぶ改善されまする」

惣右衛門も言う。

「隠し財宝探しはまことに楽しうございます」

すっかり女らしくなった丸い湿った声の伊茶が、気で病むところのある俊平をやさしく包み込むように言う。

「伊茶は、そう思うか」

「面白い話ではございますが、でも、いささか現実味がございませぬ」

「そうであろう」

俊平も苦笑いする。

「なんとも雲を摑むような話ではございます。幕府は、これまで何度も現地を探索させているはず。それでも出てはこなかったのでございましょう」

「そういうことだ」

「あまり期待はできぬとかと存じます。それに、結城家が数百年にわたって秘蔵していた黄金に手をつけなかったとは考えにくうございます。どれだけ遺っているか、そこでございましょう」

「なるほど、とうに遣い果たしてしまったとも考えられる」

俊平もやはりあまり期待できないものと、考えなおした。

「結城家はたしか、結城合戦の後一時零落《れいらく》したが、黄金好きの太閤殿に見出されて、復活を遂《と》げておる。手土産《てみやげ》代わりに太閤にかなりの額を差し出したのでは、とも思われる」

惣右衛門も言う。

「それで大岡様は、現地に行かれ、黄金の欠片《かけら》なり、なにか見つけておられるのでございますか」

「いや、まだ見つかっておらぬそうだ。上様のお話では老中からまだ出ぬか、まだ出ぬか、と責めたてられておられるそうな」

「まあ、おかわいそうに」

伊茶が、大岡の謹厳実直《きんげんじっちょく》な顔を思い浮かべ、眉をひそめて笑いだした。

「殿、脇坂でござる」

障子を滑らせ、部屋のなかをのぞいたのは、江戸家老の脇坂主水であった。

脇坂は先代柳生俊方《としかた》の頃より家老をつとめている。

「あ、これは」

主水は伊茶の膝枕で寛《くつろ》ぐ俊平を見て、慌てて部屋を去ろうとしたが、

「よいのだ、主水。入れ」

俊平に促されて、

「されば」

遠慮がちに、部屋の敷居をまたいだ。

「どうした、主水。なにやら憂《うれ》い顔じゃな。金策のほうは、あまりはかばかしくはな

いようだ」

俊平は、むっくりと起き上がって、

「まあ、座れ」

と、主水を着座させると、襟《えり》をなおし向きあった。

主水は江戸家老であると同時に、小藩だけに江戸留守居役《るすいやく》も兼ね、諸藩との交際や出入り商人との交渉等、多忙な日々を送っている。

「本日は、掛屋《かけや》〈大和屋《やまとや》〉と借り入れについて話し合いましたが、やはりこれ以上の借り入れは無理との話でございました」

「それは、大変なこと。いや、ご苦労であった」

「それと――」

主水はまだ立ち去らずにいる。

「なんだ」

俊平が主水を見かえすと、主水は話を切り出しにくそうにもじもじしている。

「どうした、申してみよ」

「じつは」

脇坂主水は懐をさぐって、分厚い書状を取り出した。

「今般、国表より書状がとどきました」

「書状か――」

俊平は眉を寄せ、主水をうかがった。

このところ、国表と江戸藩邸との関係はあまりかんばしくない。

藩の財政が悪化し、江戸藩邸ばかりか国表にも緊縮財政を強《し》いるようになっている。

それだけに、あれこれ不満が募っているようであった。

柳生は剣で身を立てる大名だが、藩のやりくりは剣だけでは容易ではない。

「こたびは、なんと申してきたのだ」

「それが、読むに堪《た》えぬものにて、それがしも、それを読み終えてさすがに怒りが収まりませぬ」

「主水、そう興奮いたすな。それでは話ができぬ」

俊平が苦笑いして伊茶と顔を見あわせれば、

「さようでございまするな、されば」

主水は、分厚い書状を取りあげ、

「長い書状にて、連名でよこしております」

パラリと広げ、両手に持った。

「うむ」

「まず、かいつまんで申しあげますれば、切り詰めるのは限界とのこと。木材の切り出しや、炭の増産に励んでおりますものの、これ以上の木材乱獲は山を禿《はげ》にしかねず、また炭も人手が足りず、これ以上の増産は無理、とのこと」

「そうであろう。なにか別の産業を興さねばならぬ」

「上屋敷では、出費が多く、殿も諸大名との交際、ご趣味の芝居見物と、出ることも多いと聞いており、国表同様節約に努《つと》めていただきたいと」

「国表から見れば無理もないことかもしれぬが、江戸ではそうそう閉じこもっておるわけにはいかぬ。他には」

「道場のことについても、あれこれと」

「申してみよ」

俊平が、不愉快そうに促した。

「江戸の柳生道場は活況《かっきょう》をていしているようにみえて、中段者以上の者はいっこうに育っておらず、将軍家剣術指南役の名にあたいせぬ粗末な陣容。剣の道統を護《まも》る大和柳生としては、まことに心もとなきこと。ご藩主である柳生俊平殿は、もっと真剣に後進を育ててほしいと」

「無礼なことを申す。たしかに私からしても、道場の現状は満足できるものではないが、これは先代から私が道場をひきついで大和柳生に劣るものとなったわけではない。そうではないか、主水」

俊平は、脇坂主水の顔をうかがった。

「まことにございます」

冷や汗を拭うようにして主水が言う。

「さらにはまた、ご側室をおもらいと耳にしたが、御子《おこ》はまだできぬかなどと」

「なんと申す。そのようなもの言い、無礼ではないか」

俊平は伊茶を見て、憤然《ふんぜん》として言った。

伊茶は、顔を赤らめうつむいている。

「伊茶を娶《めと》ってまだ半年と経っておらぬ。犬猫ではあるまいに、そう早々に子ができるはずもなかろう」

「さらに、もしおできにならぬようなら、他にもご側室をもらわれてはと」

「そこまで申すか、まことにもって許しがたき無遠慮な言い様」

惣右衛門も、伊茶に同情して怒りだした。

「国表の言い分としては、跡継ぎができねば、また養嗣子《ようしし》をもらうことになり、柳生新陰流《しんかげりゅう》の剣の道統は、ますます忘れ去られていくことになる。養嗣子は殿を最後としたいものと」

「すでに私で柳生の血は途絶えておろう。同じことではないか」

「二代つづくと、もはや藩名だけの柳生になると申しまして」

「殿、これには、なにか裏がありまするな」

惣右衛門が、気を落ち着かせようと、渋茶をごくりと飲んでから言った。

「どのような裏だ」

俊平が、疑念の宿る顔を惣右衛門に向けた。

「国表で争いが起こっているのではないかと存じまする」

「争い――？」

「古老どもは、他家から養嗣子である殿が柳生家に入り、面白うないのではありますまいか」

「ふむ」

俊平は素直にうなずいた。

「おそらく、どうせ飾り物とたかを括《くく》っておりましたのでしょうが、剣の腕はなかなかご立派なものにて、驚いておりましょう。ただし、その剣は尾張《おわり》柳生の流儀でございます。さらに、上様のお覚えもめでとうございまする。非のうちどころのない殿でございますから、面白うございますまい。当家もご多分に洩れず財政の逼迫は年々顕《けん》著《ちょ》となり、俸給は削られ、生活は切り詰めざるを得ませぬ」

脇坂がたたみかけるように言った。

「だが、私が隠居をすれば、うまくいくわけでもあるまい」

俊平は、脇に座す脇坂主水をちらりと見て言った。

脇坂は、そういえば大和柳生の古老と同じ一派とも目《もく》されている。

「それより、いっそ藩主をやめてしまってもよいぞ」

「そのようなこと、けっしてお考えになってはいけませぬ。なにやらわかりませぬが、古老は古老なりに、企《くわだ》てているようすがうかがえます。このように次から次に難題をつきつけ、殿を追い詰め、まず藩での発言権を強めようとするのではあるまいか。乗ってはなりませぬ」

「その先は」

「わかりませぬ」

「いずれにしても、そのぶん、私に味方する真面目な家臣が割を食うというわけだな」

「ここは、負けてはおられませぬ」

「どうすればよいかの、惣右衛門」

「いずれにいたしましても、旧家の誇りとは厄介《やっかい》なもの。まず、敵の正体を知る必要がございます。どなたが一派を形勢しておるのか、殿を追い立て、何を得ようとしているのか、探りを入れてみねばなりませぬ」

「書状によれば、旅に出られた筑後三池藩主立花貫長殿の弟御大樫段兵衛《おおがしだんべえ》様が、柳生の庄《しょう》に逗留《とうりゅう》されておられるとのことでございまするな」

伊茶が主従の話に割って入った。

「ならば、まず段兵衛に書状をしたため、国表のようすを報せてくれと伝えてみよう」

「それが、よろしうございます」

惣右衛門が、さっそく小姓頭《こしょうがしら》の森脇慎吾《もりわきしんご》に筆と硯《すずり》を用意するよう命じた。

四

——桃の蕾《つぼみ》も膨らんできております。親しくご交誼《こうぎ》を賜っております方々とともに、遅ればせながら内々にて雛の節句を祝いたく存じます。柳生さまにもぜひお越しいただきたく、ご案内申し上げます。

元大奥のお局綾乃《つぼねあやの》からの、そんなちょっとあらたまった招待状が届いて、その日、俊平が惣右衛門を引きつれて、そのお局館《やかた》を訪ねた。

着いてみると、同じ書状が立花貫長と喜連川茂氏のもとにも届いていたらしく、二人の大名とそれぞれの供が、この日のために華やかに着飾ったお局方たちに囲まれてすっかり顔を紅らめ酒宴に興じている。

座敷には華やかな飾りの雛人形のほか、松や桃《もも》、橘《たちばな》などの枝物の飾り、菱餅《ひしもち》なども飾られて、贅沢な白酒が並べられている。

質素倹約を旨とする将軍吉宗に、大奥から追放された元大奥のお局方は、城を追われた女たちを白眼視する実家にはもどらずに、同じお局どうし肩を寄せ合ってここ葺《ふき》屋町《やちょう》の町屋の一軒を借り切り、よろず稽古事《けいこごと》の師匠を生業《なりわい》とし逞《たくま》しく生きているのであった。

さいわい、自慢の美貌《びぼう》に加えて、その芸も大奥仕込みの本格的なものだけに入門者は引きも切らず、欲しい衣装も買い揃え、大奥で培《つちか》った舌も満足させられ、好きな歌《か》舞伎《ぶき》見物を楽しみながら、気ままに生きているよいご身分の女たちなのである。

「冗談ではございません。伊茶さまをご側室になさって半年も経っておりませぬのに。次のご側室でございますか」

俊平が、国許からもう一人側室をもらえと催促されたと面白おかしく、女たちに語ってきかせたところ、このところすっかり女っぷりの上がった吉野《よしの》がぷいと怒りだした。

「俊平さま、伊茶さま、お二人の仲のおよろしいことは、この界隈《かいわい》まで轟いております。それをもう一人側室を持てなどと、雛の節句とは申せ、そのようなふしだらなお話は聞く耳をもちませぬ。春の戯《ざ》れ言《ごと》とも思えませぬ」

「だが、吉野。藩邸ではそなたがいのいちばんに名が挙がったぞ」

惣右衛門が、宥めるように言えば、

「はあ?」

と吉野はそう言ってから、切れ長ながらやわらかな瞳《ひとみ》で俊平を見かえし、頬を染めて袖で口を被い、笑いだした。

内心、嬉しいのであろうと、二人の大名立花貫長と喜連川茂氏は吉野の気持ちを見抜いている。

「まこと、それでは俊平さまを本気で好いておりますす吉野がむしろかわいそうと存じまする」

隣で、三浦《みうら》が怒ったように言う。

「ほんとう。お一人身の時には目もくれず、伊茶さまをおもらいになってから。なんだかそれでは盛りのついた俊平さまのよう」

お局方のまとめ役綾乃が、俊平を半ば咎《とが》めるように言った。

年嵩《としかさ》の常磐《ときわ》もそうだ、そうだ、とうなずく。

「まあ盛りのついた……、やめてくださいまし。綾乃さま」

年若い雪乃《ゆきの》が、顔を紅らめ、綾乃の袖を引いた。

「はは。私はそんなに盛りはついていないよ」

俊平も、苦笑いして綾乃を見かえした。

「だが、まことと、その話には困っているのだ。国表から、世継ぎをつくれとやいのやいのの催促《さいそく》」

「それは、なんともご無体《むたい》でございます。それこそ犬の子ではありませぬのに、すぐにお世継ぎができるはずもございません。殿方は、女を子を産む道具とでも思われているのでございましょうか」

こんどは雪乃が、膨《ふく》れっ面《つら》で言う。

「国表としては、次の代もまた私のような養嗣子を招き入れることになれば、柳生の里の剣に生きる者のことは忘れ去られていき、ご先祖に申し訳が立たないと思うておるのだ」

惣右衛門が、俊平のぼやきを代弁するように言う。

「でも、どのみち俊平さまで柳生の血は途切れているのでございましょう。焦ったところで、もはや手遅れでございます」

「さよう。ものごと、あきらめるが肝心。だが、あの連中は、柳生家の存続がすべてなのだ。他家から養嗣子をもらうのは、剣の柳生の名がすたる。もう懲《こ》り懲《ご》りなのだろう」

俊平が、ちょっとだけ国表の古老に同情して言った。

「じつはな」

と、惣右衛門が膝を乗り出した。

「国表の方々は、まことに誇り高い。剣では、誰にも負けぬと思うておられるのだ。それが、殿は他家の出ながら彼らには負けておらぬ。これがまず面白うない。さらに、緊縮せよ、藩の金蔵が空だ、と国表の生活ぶりにまで口をはさんでくる。そこで、虎《こ》視眈々《したんたん》と逆襲の機会を狙っておる。殿の弱点といえば、お子ができぬくらいのところだからの」

「でもお姉さま。ほんとうに二人目のご側室、お嫌なのですか」

茶請《ちゃう》けの羊羹《ようかん》を頰ばっていた雪乃が、あっけらかんと言って吉野の袖を取り、横顔をうかがった。

吉野がうつむき黙っていると、また惣右衛門が、

「まあ、田舎の方々も、なかなかすみに置けぬ策士」

「策士?」

綾乃が、雪乃と顔を見あわせた。

「隙があれば、突いてくる」

「ほんとうに。俊平さまは、お支えする者も少ないごようすで、おかわいそう。文句ひとつ言わずに、ご藩主を一生懸命務めていらっしゃるのに」

吉野が、哀れみの眼差しで俊平を見かえし、それからふふっと笑って袖に絡みついた。

「そういう事情なのだ。どうであろうの」

惣右衛門が吉野にすがりつくようにして頼み込んだ。

「でも、それは、やはり嫌でございます」

吉野は、苦笑いを浮かべて俊平を見かえした。

「お姉さま、もったいなくはございませんか」

雪乃が、また吉野の顔をのぞく。

「そんな。猫の子でもあるまいに、田舎のお爺さま方がうるさかろうからお飾りのご側室になんて。私は嫌でございます」

吉野が、すねたように言う。

「それなら、俊平殿が本気になったのならいいのかい？」

貫長が、茶化すように吉野に訊きかえした。

吉野はうつむいている。

「いやいや。俊平殿は吉野がお好きだ。わしも、吉野が好きでいちどは側室にと考えたから、よくわかる」

横から〈公方様〉こと喜連川茂氏が口を出した。

「まあ、嫌だ」

吉野は顔を紅らめうつむいてしまった。

「ご一緒になれば、すぐに本気になりますよ。ねえ」

綾乃が、俊平をうかがいながら言った。

「そうだとしても、あたしは伊茶さまにとても顔向けができません。伊茶さまは、ほんとうにおやさしい方でございます。その伊茶さまと、側室どうしで張りあうなんて、とても、とても」

「それは、そう。わかりますよ」

綾乃が、みなと顔を見あわせてうなずく。

「だがの、この話はじつは伊茶に勧められたのだ。吉野なら、よいと」

俊平が、困ったように吉野の顔をのぞき込んだ。

「まあ？」

お局方が、いっせいに驚いて俊平を見かえした。

「ほんとうでございますか、ご用人さま」

「ああ、ほんとうだ」

惣右衛門がうなずいた。

「あの伊茶さまが……」

吉野が、話を聞いてわっと泣きだした。

「俊平さまのお辛い立場をお察しになり、そこまでのことを……」

雪乃も、いつしか涙ぐんでいる。

「俊平さまと伊茶さまは、そこまでお気持ちがひとつだなんて、うらやましうございます」

　綾乃が、しみじみとした口ぶりで言った。

「まこと、伊茶さまは、俊平さまにはもったいないお方にございます。お辛いお立場

で、そこまでお考えとは」

　二人につられて、とうとう綾乃まで涙を拭いはじめた。

「ほんとうに、大和柳生の方々は、鬼畜生のような人たち」

　こんどは雪乃が、憤然と怒りだした。

「これ、雪乃……！」

　と綾乃が、強くたしなめた。

「いやはや。我が柳生藩は、いささか心の余裕を失っておるようじゃ」

　惣右衛門が、俊平をちらと見かえして言った。

「どういうことだ。惣右衛門」

　喜連川茂氏が、大きな体をかしげて俊平の用人の横顔をうかがった。

「じつはの、茂氏殿」

　惣右衛門に代わって、俊平が白扇《はくせん》をパラリと開きゆっくりと使いながら言った。

「つまりは、貧すれば鈍する。懐事情が苦しいということだ」

「それは、何処の藩も同じだ」

茂氏が、笑いだした。

「ところで、いかほど借財は溜まっておる」

貫長が無遠慮を承知で俊平に単刀直入に訊ねた。

「近年、百両、また百両と、掛屋の〈大和屋〉で金を借り、もう借財は、千両を越えてしもうた」

俊平が、バツの悪そうに白扇で後ろ首をたたいた。

掛屋とは、幕府や諸藩の公金出納《すいとう》にあたる業者で、年貢米や特産品などの代金を収納して国許や江戸屋敷に送る藩財政上欠くべからざる役割をになっている。

「まあ、それは大変でございます」

綾乃が、俊平と用人の惣右衛門を見くらべた。

「それゆえ、不要不急の出費は、極力抑えるよう国表に言っている。陣屋《じんや》が、だいぶ古くなっておっての、建て替えを求める声があがっているが、それもできぬ。殖産《しょくさん》を奨励《しょうれい》したが、回収の見込みは立っておらぬ。産物と言うても大和柳生は山のなか、木材と炭くらいしか産するものがない」

「柳生の和紙も、有名でございましょう」

吉野がどこで聞きつけてきたか、俊平の袖を取って励ました。

「あれは、仙台《せんだい》藩の柳生の産物だ。よくまちがえられる。大和柳生は、剣術だけが取り柄。武士の商法は、なかなか思うようにいかぬものだ」

俊平は、そう言ってパタパタと扇をあおぎながら、

「まったく、こういう話は、酒でも飲まねばやれぬな」

惣右衛門と顔を見あわせ、苦虫を嚙みつぶしたように言い放った。

「綾乃どの、柳生殿の頭を冷やすため、冷や水でも持ってきてやれ」

茂氏が、苦笑いして声をかけた。

「でも、それではせっかくのほろよい気分が覚めてしまいましょう。お待ちくださいませ。冷や酒を、すぐにご用意いたします」

綾乃が立ち上がり、みなを見かえし台所に飛んでいった。

「その〈大和屋〉さんは、もうだめなんでございます?」

吉野が俊平の腕にすがって訊いた。

「〈大和屋〉はこれまで不足分をだいぶ用立ててもらっていたが、千両ともなるともはや掛屋ではどうにもならぬようだ」

「それは大変じゃの」

立花貫長も同情して言う。

「それで今、江戸家老は、やむをえず大名貸しの鴻池《こうのいけ》に接近中だ……」

「まあ、いよいよ大名貸しに手を出されるのでございますか」

吉野が、心配そうに言った。

大名貸しは、文字どおり諸大名に金を貸す金融業者で、三郡（京《きょう》、大坂《おおさか》、堺《さかい》）の規模の大きな両替商などの有力商人が多い。

「大名貸しは、気前よく貸すというが、利息もばかにならず、取り立ても厳しいという。柳生は一万石の小藩ゆえ、千両となるとなんとも重い。金利も増える一方、切り詰めるだけでは、そろそろ限界だ。大藩ならば、千両など大した額ではないのだが、まことは、このようなところで酒など飲んでいる場合ではないのだが」

俊平はそこまで言って、一同を見まわし重い吐息をもらした。

「柳生殿はよくやっておる。上様の剣術御指南役、お役料をもっといただいてもよいのだよ」

茂氏が言えば、

「まことに」

横から、我が意を得たりと惣右衛門も口をはさんだ。

惣右衛門は、口にはできぬが俊平が影目付も拝命していることをむろん知っているため、まだその役料を拝領していないのが不服である。

「俊平さま、ともあれ頭を冷やして」

綾乃が盆に載せて持ってきた冷や酒を、さっそく吉野が勧める。俊平はそれを美味《うま》そうに飲み干した。

「うむ。これで、だいぶ頭が冷えてきた。みなと話しているうちに、よい知恵が浮かぶはずだ」

俊平が戯れ言を言えば、貫長と茂氏が腕を組んで考えはじめている。

「そうそう、さっきの話。吉野の他にご側室候補はおられるので」

綾乃が、うっすらと頬を染めて俊平に訊ねた。

「はて、おらぬか……」

俊平は、困ったように綾乃を見かえした。綾乃はじっとうつむいている。

女たちが顔を見あわせ、クスクスと笑いだした。

吉野が、それに気づき、俊平を見かえしそわそわとしはじめた。

「でも、やはり……、嫌でございます……」

吉野が、ちらと綾乃を見かえし、意地を張ってみせた。

「それより、俊平さま、悩んでいてもよい策は浮かびませぬ。雛の節句ということで、私どもは明日はお稽古もお休みいただき、芝居見物にまいります。俊平さまがお好きなお芝居でも見ながら、金策をお考えになっては」

「ねえ、いかがでございます、俊平さま」

雪乃が、明るい声で俊平の腕にからみついた。

「それは、よい。芝居見物をしている場合ではないが、久しぶりに若手に稽古をつけてやれば、気分が晴れよう」

「まあ、それでは、明日も俊平さま、ご一緒でございますね」

吉野が、雪乃の反対から俊平の袖に絡みついた。

「吉野も不憫《ふびん》なやつ。恋路はなかなか思うようにはいかぬものだ」

貫長がしみじみと言って、茂氏とうなずきあった。

第二章　大名貸し

一

「ほう、みな揃って、愉しそうにやっておるの」

柳生一万石柳生俊平は、中村座《なかむらざ》の二階桟敷席《さじきせき》から、愉快そうに眼下の土間席を見まわした。

なるほど、お局さま方が升席《ますせき》二つを借り切り、弁当持参で賑《にぎ》やかに芝居見物を愉しんでいる。

自慢の渋い紬の小袖を、華やかな色の帯できりりと締めて粋《いき》に着こなしているところはみな今日昨日の洒落者《しゃれもの》ではない。

うって変わった、吉野のきびきびした所作《しょさ》も爽《さわ》やかである。

「あれで、吉野は心のやさしき女、伊茶さまにご遠慮して辞退されましたが、いささか不憫《ふびん》でござりますな」

惣右衛門は、そう言って俊平を見かえしてから、二階向こう正面にふと目を向けて、あっと声をあげそうになった。

「どうした、惣右衛門」

「殿。妙なところに、妙な者が」

江戸家老の脇坂主水が来ているという。

金策の件では、江戸では掛屋の〈大和屋〉に出入りし、国表ともしきりに書状を交わしているが、その多忙なはずの主水が、なにゆえこんなところで芝居見物にうつつをぬかしているのかと、俊平は目を凝《こ》らした。

脇坂主水には、連れがいるようであった。

(はて、何者か……?)

同席し舞台を見入る者が数人、いずこかの大商人が三人と、大身《たいしん》の武士二人、目を凝らせば柳生藩の御用達《ごようたし》の掛屋〈大和屋〉の顔もある。

それに二人の武士は、あろうことか勘定奉行の神尾春央と結城藩の水野勝庸であった。

うか」

「神尾と水野と、いったいなにゆえに脇坂が、並んで芝居見物などしておるのであろ

「初めて、見る顔でもございますな」

惣右衛門は、老眼がすすんだのか、前のめりになって、三人の商人と二人の武士に目を凝らした。掛屋〈大和屋〉の隣の商人は、一人が主《あるじ》で、もう一人はその下の者とも見えるが、いずれも恰幅《かっぷく》がよく、大商人の風格は遜色《そんしょく》がない。

「そうとう羽振りのよい商人のようだの。我が柳生藩江戸家老など歯牙《しが》にもかけぬ風だ。主水が、茶屋の太鼓《たいこ》持ちのように軽く見える」

「あの武家のお二人は、ご存じで」

「うむ。同じ菊の間詰めで一万八千石、結城藩主の水野勝庸だ。もう一人は、勘定奉行の神尾春央」

「なるほど、税は胡麻と同じもの。農民からは絞るだけ絞れ、と申したお方でございましたな」

「うむ。それにしても、水野は藩主みずから金策か。大名が、商人に媚《こび》を売るとはまことに情けない」

「頑張っておられますな。あの大商人に取り入り、なんとか借財しようとの魂胆《こんたん》でご

ざいましょう。涙ぐましいご努力と見受けられます」

惣右衛門は、若い藩主水野勝庸の積極さを称賛《しょうさん》するかのようである。

「そう申すな。惣右衛門にまで言われれば、私もそうせねばならなくなる」

俊平が、にがりきって惣右衛門を見かえした。

「いや、けっしてそういう意味では……」

惣右衛門が、おろおろとし、困ったように口をもごつかせた。

「あのようなことまでやりたくはないが、家老が商人に取り入るために、あれだけの苦労をしていると知れば、藩主の私がお局方とともに歌舞伎見物では、やはりあいすまぬ」

「なに、お気になされることはございませぬ。江戸家老は、留守居役も兼ねておりますれば、いわばあれが主たるお役目。それにしても、はて、どのように取り入ったものか」

惣右衛門が、唸るようにしてそう言って、向こう正面にふたたび目を凝らした。

「ふむ。これはちと居ごこちが悪くなってまいったわ」

俊平は頬を撫で、惣右衛門の視線を逃れるようにして、もういちど平土間を見下ろした。

お局方は、あいかわらずいつもの調子で賑やかに弁当を使い、用意してきた酒を愉しんでいる。

「されば、もう芝居見物はやめた。舞台裏で、若手に茶花鼓《ちゃかぽん》の稽古を付けにまいろう。惣右衛門は、ここであの者らの様子を見張っておれ」

俊平はそう言って、惣右衛門を遺《のこ》し、身を隠すように席を立つと、楽屋裏に廻って大階段を三階に駆け上がった。

「あの向こう正面のお大尽《だいじん》様は、両替商の鴻池様でございますよ。うちも一座をあげてご贔屓《ひいき》をいただいております」

座頭《ざがしら》の部屋に顔をみせた俊平が、大御所こと二代目市川団十郎《いちかわだんじゅうろう》に向こう正面の客の一行は誰かと訊ねると、すぐにわかったらしく、明るい調子でそう応じてみせた。

出番はしばらくないらしく、大御所は台本書きの宮崎翁《みやざきおう》と茶菓子をつまみながら、ゆったり茶を喫《きっ》しており、

——まあ、こちらへ。

と、俊平のために大座布団を付き人の達吉《たつきち》に勧めさせた。

「あちらとは、洗耳斎《せんじさい》はんのことどすな」

宮崎翁が、にこにこ笑いながら話に割って入った。

洗耳斎は、大坂《おおさか》に本拠を置く鴻池本家の主《あるじ》で、趣味人として名高い。名は宗益《そうえき》、七歳で第五代の家督を継ぎ、代々の主の鴻池善右衛門《ぜんえもん》を襲名する。茶人としてもよく知られる趣味人である。

洗耳斎は、自家の廻船《かいせん》でたびたび気軽に江戸に出てくるらしい。

宮崎翁の出身も大坂で、かつては上方《かみがた》歌舞伎に籍を置き、女形《おやま》で名を馳せた名役者だっただけに、大坂随一のこの両替商のことはよく知っている。

「先代は、表千家《おもてせんけ》七代如心斎宗左《じょしんさいそうさ》様に師事したお方で、道楽が過ぎたと反省されて、すぐに隠居しはりましてな。今の洗耳斎は五代目はんどす。なんでも、こちらも噂では親父様以上の道楽好きでいらっしゃるようで、江戸にまいられると、必ず中村座にお立ち寄りになります。それでいて、金《きん》への執着もなかなかおましてな。金山を見つけるのがお好きで、摂津国《せっつのくに》の多田銀山《ただぎんざん》は多くの人を使って探りを入れはりましたそうにございます」

宮崎翁は同じ上方の出ということもあって、だいぶ鴻池家の人々については肩入れして言う。

「ふうん。だが、道楽が宝探しとは妙なお人だね。天下の両替商がやることとも思えないが」

俊平が、あきれ声で宮崎翁を見かえした。

宮崎翁も笑っている。

「金に執着の強いお方いうんは、どこまでも金に執着するもんなんでございましょうな。というより、金を遣ってなにかを当てるのを、いちばんの愉しみにしておられるんでございましょうかな。それにしても、なかなか豪快なお方でございますよ。柳生様も、いちどお話しになられてみてはいかがです。ひょっとして気が合うかもしれません」

「幕が引いたら、お茶屋にご挨拶《あいさつ》にまいります。剣術談議も、きっとお喜びになるにちがいありません」

大御所も、気軽に誘いかける。

「それは、よろしうございます」

いつの間にか部屋に入ってきていた惣右衛門も、どこから話を聞いていたのか知らないが、目を細めてうなずいた。

惣右衛門は、俊平が鴻池に近づくのは大いに結構なことと思っているらしい。

（こ奴め）

と、俊平は惣右衛門を見かえした。

それではと、大御所が人を遣い先方に俊平の同席を乞《こ》うと、鴻池は接待役が江戸家老から藩主に替わるだけくらいに思っているのか、気にもしていないらしい。

それから半刻（一時間）余り後、大御所団十郎とともに〈泉屋《いずみや》〉の暖簾《のれん》をくぐった俊平は二階座敷に上がると、さきほど向こう正面に陣取っていた面々が、ぐるりと鴻池を中心にして談笑している。

大御所が連れてきた俊平を紹介するなり、

「おお、これは。柳生様ではございませぬか――」

手広く大名貸しをつづけてきた鴻池だけに、大名との対応など慣れたもので、商人らしい愛想のよい口ぶりで応じた。

「お初にお目にかかる。当家の者が、お世話になっております」

俊平が鴻池に一礼すると、洗耳斎は、

「なんの、こちらこそ」

と、淡々と応ずるばかりである。

「こちらが、江戸店《えどだな》を任せております鴻池平右衛門《へいえもん》でございます」

洗耳斎は商売の話は、こちらを通せとでも言いたげであった。

むしろ、顔を強張《こわば》らせたのは家老の脇坂主水である。

「殿。なにゆえに」

近づいてきて、小声で訊ねたが、

「なに、いつものように、大御所のところに遊びに来ていたのでな」

と応ずれば、

——まったく困ったものだ。

とでも言いたげに、小さく顔を歪めてうなずいた。

その顔色をうかがえば、借金の交渉はあまり捗々《はかばか》しくないようである。

次に俊平が目をとめたのは、結城藩主水野勝庸で、目が合うとすぐさま嫌な顔をした。

俊平は、にやりと見かえした。

大御所が、鴻池に丁寧《ていねい》に芝居の解説をはじめ、洗耳斎は愉しそうに話に耳を傾けていたが、ふとまた俊平に目を向けた。

大御所がすかさず、

「柳生様は、上様の剣術指南役様をおつとめになっておられます。めずらしいご経歴で、もとは久松松平様の十一男でいらっしゃいましたが、柳生家の養嗣子として迎え入れられ、今では立派なご藩主。それに、多彩なご趣味でございましてな。ことに大の芝居好き、さらに趣味を活《い》かして一座の若い者に茶花鼓《モン》の稽古してくださっております」

団十郎が、あらためてそう俊平を紹介すると、

「ほう、柳生様はまこと趣味人であられますな。さきほどより、お噂しあっておりましたよ」

いかにも金満家らしい艶《つや》のよい顔を俊平に向けて、洗耳斎が微笑《ほほえ》みかけた。

「はて、それは驚きましたな。私の噂でございますか。そちらの水野殿とは、城中では同じ菊の間詰めでござる。おそらく城中でのそれがしの素行の悪さを、お笑いになっておられたのでござろう」

俊平が、水野をちらりと見かえして言った。

「いやいや、貴藩のご家老脇坂様から、たった今も柳生様のお話をうかがっておりましたのです。文武両道の才人であるとか。なにやら、上様には将棋のご指南役もなされておられるそうでございますな。上様のおぼえめでたきお方とのこと、柳生藩の行く末が頼もしうございますな」

「いやいや、上様の格好の退屈しのぎをつとめさせていただいておるだけにございます」

「はて、それは気骨も折れますやろ。たまには、負けてさしあげることもございますのか」

「いえいえ。上様はあれでなかなかの意地っ張り。負けよとは申されませぬが、そのぶん、待った、待ったの連続で」

「それは、それは」

洗耳斎が、腹を抱えて笑う。

一座が、ぐっと明るくなった。

神尾春央が、顔を歪めた。

よく気がつく男だけに、どこからか俊平が神尾春央の裏金づくりの調査に入ったと聞きつけ、警戒しているのかもしれなかった。

「今、ちょうど、ご家老の脇坂様から藩のお台所事情についてうかがっておりました。いずこの藩も財政事情は苦しいようで、柳生藩でも、やりくりが大変とお聞きしておりましたが」

江戸店の鴻池を名乗るからには同じ血筋らしい。平右衛門が、にがり顔で話に割って入った。

「まことに。困ったものでございます」

俊平は、鷹揚《おうよう》に白扇を遣いながら、目で平右衛門の表情を追った。

「脇坂から、何かご依頼を申しあげたかと存じまするが」

「うかがいました」

平右衛門は難しい顔をしてから、俊平に向き直り、

「お話は、お聞きいたしましたが……」

「なにぶん、よしなにお願いいたす」

俊平は、不器用な仕種《しぐさ》で頭を下げた。

「ご希望はぜひにも承《うけたまわ》りたく存じますが、はて、正直困っております……」

「と、申されると？」

「商売の話を、こうした席でいたしますのは、不粋にて、私も心苦しうございますが、ひと言述べさせていただきます」

「さようか」

俊平は押し黙って江戸店の主平右衛門に耳を傾けた。

「当家の大名貸しは、公明正大。一定の基準に添ってお貸ししております。つまり、

算盤勘定《そろばんかんじょう》で商売にならぬお話は、どちらのお大名様からのご依頼にも、お応えするわけにはいかぬのでございます」

平右衛門の言いぶんは納得できる話で、俊平も反論の余地はない。

平右衛門は、家老の脇坂主水をちらりと見て、

「ご当家の産物は、木材と炭。たしかに品質はよく、高値で売れておるようにございますな。ただし、商い量はさほどではございませぬようで。その利益をご返済金に廻すとのことでございますが、どう算盤を弾きましても、すでに一千両の借入れがあり、これに対して返済にあてるには資金が少なすぎまする。これでは利子分だけでもなかなかに返済は容易ではございますまい。その上、年々貴藩の財政は赤字が募るばかりのごようす、よほど新たな商いを開拓なされぬかぎり、新規の貸し付けは難しいかと存じまする」

淡々とそういう平右衛門の言葉は、聞けば納得できることばかりで、俊平もかえす言葉は見つからない。

「されば、いたしかたない……」

俊平は、さらりと言って黙り込んだ。

水野勝庸が、神尾春央と顔を見あわせにやにや笑っている。

「炭のさらなる量産か、新たな産物をお考えになるか、いずれにしても、これは難しい問題でござろう」

　横で黙って話を聞いていた勘定奉行の神尾春央が、冷淡な口調で言った。

「されば、鴻池殿。なにかよいお考えをご教授いただきたいが」

　俊平が頭を下げて、洗耳斎に一礼した。

「はて、これればかりは、いずこのお大名さまも、苦慮しておられますさかいな。また新しい産物と申しても、どちらのお大名家も、目の色を変えてお探しになっておられますさかい。そうは簡単に見つからぬものでございましょう。販路拡大は、ご当家の努力あるのみと存じまする。なにか、柳生様ならではの、ご商売をお始めになられたらと存じますするが」

「さて、当藩ならではの産物と申されると……？」

　俊平は困ったように洗耳斎を見かえした。

「さしずめ、剣術でございましょうか。ご道場をいくつかお開きになるとか。茶や花のように、免許料をお取りになられるとか」

「はて、それればかりは――」

　俊平は、そこまで言って苦々しげに惣右衛門と顔を見あわせた。

剣を商売道具にしたくはない。それに、柳生新陰流は、徳川家のお止め流である。

「ちなみに、こちらの水野様は、面白いご提案をなされましたぞ」

「はて、なんでござろうな」

俊平が、驚いて水野勝庸を見かえした。

「水野様の結城藩には、古くから面白い伝説がございます」

「はて、なんでござったか」

俊平は、白々と笑って水野勝庸を見た。うすうす言わんとすることは予想ができる。

「結城の埋蔵金のお話でございます。ないと申しましたが、あるいはひょっとしてあるやもしれませぬ」

「なるほどの」

俊平は、やはりと笑ってうなずいた。

どうやら、結城家の財宝を吊《つ》りにして、水野勝庸はなにか企んでいるらしい。おそらく結城家の財宝を山分けするとでも言って話を持ち込み、多額の借金をするつもりかもしれない。

俊平はすかさず水野に反論した。

「幕府でも、逼迫する財政難から結城の居城に眠る奥州藤原氏の財宝に目をつけ、掘り出す計画が立てられておりまする。その白羽の矢が、寺社奉行となった大岡忠相殿に立てられ、現地に向かっております。水野殿は、この幕府の計画と並行してこの財宝を発掘なされるおつもりか」

「しかし、あの土地は結城藩領でございまするな。まず水野様に発掘権がございまする。水野様は水野様でお探しして、悪かろうはずはございますまい。むろん幕府に一部献上なされるのは水野様の裁量でございましょうが」

鴻池平右衛門は、不敵な笑みを浮かべて、俊平を見かえした。

「大岡様が上様の右腕なら、柳生様は上様の左腕。柳生様は発掘にたずさわりはいたしませぬのでございましょうかな」

江戸店の主鴻池平右衛門がどこで聞いてきたのか、そう言って俊平を探るようにうかがった。

「いやいや、それがしは」

俊平は、苦笑いして鴻池平右衛門を見かえすと、

(これは、この一党、なにやら裏で話ができておるな)

と、思ったが、それは口に出さず、惣右衛門に目くばせし、早々に宴席を辞すべく帰り支度をするのであった。

二

「玄蔵《げんぞう》。ちと、浮かぬ顔をしておるな」

久しぶりに藩邸の内庭に姿を現したお庭番遠耳《にわばんとおみみ》の玄蔵とさなえの二人を、さっそく部屋に呼び入れた俊平は、そう言ってその陽に焼けた歳のわりに小皺《こじわ》の重なった苦労顔をのぞき込んだ。

当初は険《けわ》しい表情の、いかにも密偵といったこの男の渋顔が、俊平の前ではおだやかなものに代わり、今では遠慮なく地の顔を見せるようになってだいぶ経つ。

それだけに、この玄蔵の浮かぬ表情が、何を意味しているのか、今日の俊平には手にとるようにわかるのである。

「いえ、けっしてそんなことはございませんが」

言葉少なに玄蔵は応じたが、失意の色はくっきりその顔に浮かんでいる。

隣では、お庭番の紅一点、ずっと歳の離れたさなえが、下を向いてクスクス笑っている。

「どうした、さなえ。一人でにやにやせず、私にもその愉しいわけを聞かせてくれぬものか」

つられて俊平も微笑みながら、さなえを促した。

「じつは、上様からのご下命がありましたこたびの一件、玄蔵様のお仲間うちではあまり評判がよろしくないお仕事のようでございます」

さなえが、玄蔵を見かえしながら低声《こごえ》で言った。

「裏金潰しの一件だな。なるほど、諸大名が鬼のように恐れる腕のよいお庭番の玄蔵も、幕府のご金蔵の金で動いているのだし、組織としてはせいぜい裏金も貯めておろう。それが削られてしまっては、これからは仕事帰りの一杯も、ずっと回数が減ろうというものだの」

「まあ、そういうことでございますが……」

玄蔵は、そう言ってちょっとふてくされてから、

「拝命いたしました以上、もちろん手を緩めるわけにはまいりませんが」

いかにも嫌そうに、渋面《じゅうめん》をつくった。

「うむ、それはさぞつらい仕事だろう。だが、幕府のご金蔵にはもはや小判などはほとんどないと聞いている。勘定奉行の神尾春央殿が、農民から絞りあげた税とて、たしかに一時の潤いにはなったようだが、税収の不足解消にはあまり役立っておらぬら

しい」

「そのように私も聞いております」

玄蔵は咽《のど》が乾いていたのか、慎吾の淹《い》れてきた茶をていねいに一礼して、すぐにグビと飲み干すと、

「まったく、せちがらい世の中となりましたな。お上には、多少は見て見ぬふりをしていただかねば息もぬけませぬ。お庭番の詰所で茶受けの菓子もいただけぬこととあいなります」

不満を言ったことのない玄蔵が、めずらしく愚痴《ぐち》をこぼしている。

「おいおい、それは大袈裟であろう」

俊平が苦笑いしてさなえを見かえせば、こちらは笑ってうつむいている。

「慎吾、桜餅が残っていたな。食べさせてやってくれぬか」

「あ、これは。なんだか催促したようで、あいすみません」

玄蔵は後ろ首を撫で苦笑いし、

「まあ、菓子のひとつ、手前で買えばそれだけでございます」

玄蔵が、苦々しげにそこまで言って、

「いやな。当家とて、裏金などとうの昔に炙り出しつくし、さらなる借財を重ねるこ

とになっておる」

「お武家の台所事情は、いずこも厳しいようでございます」

玄蔵は、さもありなんと納得して、

「そんなわけでございますが、まあ仕事は、仕事。ぼちぼち探索に当たってみようかと思っております」

玄蔵は、しだいに真顔になってきている。

「そのご報告でまいりました」

「ほう、さすがに玄蔵。もう動き出したか。して、なにかわかったか」

「いえね、ちょっと面白い動きを見つけました」

「ほう」

俊平は惣右衛門と顔を見あわせ、身を乗り出した。

「上様はまず、勘定奉行の神尾春央様を当たってみよと申されましたので、いろいろ調べてみますと、なるほど、神尾様の動きは妙でございます」

「妙だと？」

「神尾様は、他の奉行衆とあちこちの花街《かがい》で会合を重ねております」

「花街で会合か。さすがに神尾春央、やることが派手だな」

「へい。昨日は作事《さくじ》奉行、三日前には、膳《ぜん》奉行と、まことに頻繁《ひんぱん》に」

「それは、ちと臭うな」

「それも、頭の者だけでなく、必ずそれぞれの役職の者を大勢引き連れてのどんちゃん騒ぎで」

「花街とはいったいどこだ」

「それが、あたりかまわず、あちこちの花街でございまして、昨夜は、深川仲町《ふかがわなかちょう》でございました」

「不届きな奴め」

俊平は、唸るように声をあげて、惣右衛門を見かえした。

惣右衛門も、かたわらで憤慨している。

「で、深川仲町のどこだ」

「へい。昨夜は〈柊屋《ひいらぎや》〉でございました」

「ほう、〈柊屋〉といえば深川きっての大店であったな。私が一万石の連中とよく飲みに行く〈蓬萊屋《ほうらいや》〉などとは、ちと格がちがう」

「まことにもってそのとおりで。その飲み食いのお代は、いったいどこから出ておりますのやら」

玄蔵も、すっかり呆れかえっている。

「いずれにしても、あ奴が、農民から絞れるだけ絞りあげた税から出ておるのであろう。不憫なのは農民だ。この仕事、やはりしっかりやり遂げねば、絞られた民は浮かばれぬな」

「まことに」

玄蔵の顔が、しだいに険《けわ》しくなっている。

「して、玄蔵。神尾らは、そこに集まって、いったい何をしているのだ」

「店の小女《こおんな》から聞き出しましたところでは、どうも酒を飲みながら、みなで誰かの講義を聞いているというのでございます」

「講義か。まさか酒を飲みながら朱子学《しゆくしがく》の講義でもあるまい。されば、さしずめ裏金づくりの講義を開いているのだろう。講師は勘定奉行の神尾自身か、それとも……」

「神尾様が行う時もあるようにございますが、別に商人が来ている場合もあるようで、昨夜あっしが耳にしたところでは、鴻池の江戸店から鴻池平右衛門という者が来ていたようでございます」

「ほう、鴻池平右衛門か。顔ぶれが揃ったな」

「御前は、鴻池平右衛門とはお顔見知りで」

「うむ、あの男に借財を頼んで、あっさり断られた。されば、玄蔵。いま少し調べてくれ。その講義の内容と、列席者がどれほどの拡がりをもっておるのか、知りたいものだ」

俊平がそう言って、茶菓子の桜餅にやおら手を伸ばし、玄蔵、さなえにも勧める。

「殿、芸者の置屋は、おそらく同じでございましょうな」

「それはそうだろう」

「贔屓の梅次《うめじ》あたりに、頼んでみてはいかがでございましょうな。隣室を確保すれば、玄蔵の耳ならきっと講義の内容まで聞き取れましょう」

「うむ。それはよい。されば今宵《こよい》あたり、久しぶりに〈蓬莱屋〉に足を向けてみるか。国表に緊縮を命じておる折から、藩主が深川で遊興に耽《ふけ》っていては申し訳が立たぬと思うていたが、これで言い訳ができる」

俊平は、嬉しそうに桜餅を頬ばった。

「御前、惣右衛門様、お任せください。そこまで近づければ、あっしの耳に届かねえ話はありません。あ、それから〈柊屋〉の代金は、私どものお庭番の経費でお持ちいたします。ご心配なく」

玄蔵が、苦笑いして俊平を見かえすと、

「それは、ありがたい。だがその金は、もしやお庭番の裏金ではあるまいの」

「とんでもねえ」

玄蔵が、俊平の戯れ言に本気で応じ、

「あっしも、じつは仕事にかこつけて、いちどはそういう高い店でと」

とにやにや笑った。

「よいよい。それくらいの余禄がなければ、仕事も面白ろうなかろう。まだお庭番の裏金、探索はだいぶ先だ」

「へい、それは」

俊平はそう言って、玄蔵を横目でうかがい、笑いながら慎吾に外出の支度を命じるのであった。

三

「これは、柳生さま。お久しぶりでございます」

格子戸をがらりと開けて、〈蓬萊屋〉の三和土《たたき》に立つと、愛想笑いの上手な梅次が、小腰を屈めて俊平を一瞥《いちべつ》し嬉しそうにその手を引いた。

「すっかり、お見かぎりですこと。どこか、お体の具合でも悪いのかと案じておりましたよ」

梅次は笑いながらも、不満げに口を尖らせる。

「ちと、懐のあたりの具合が悪うてな」

俊平が、大袈裟に左手で胸を抑えた。

「まあ、お大名さまがそのような。側室をお迎えになって、奥にお籠もりきりという噂も立っておりますよ」

きっとそうなのでございましょう、と梅次は連れの惣右衛門にも笑いかけた。

「いったい、誰がそのような妙な噂を立てておるのだ」

「もちろん、あのお二人でございます」

梅次はそう言って、二階を見あげた。

「なに、あの二人、今日も来ておるのか」

俊平は、驚いて惣右衛門を見かえした。同じ一万石大名同盟の仲間だが、貫長と茂氏は、だいぶ懐事情がちがうらしい。

「いらっしゃっておりますよ。柳生様はご側室をもらわれてから、すっかりつきあいまで漏れ出している。

梅次が、柳生様さまでございますよ、と声をかけると、

「なに、柳生殿か。遠慮などいらぬ。上がっていただけ」

貫長の声があって、からりと障子が開いた。

「おや、これはめずらしい。伊茶殿の目を盗んで、ようやく飛び出してきたな」

貫長と茂氏が顔を見あわせ、芸者衆もいっせいに俊平に笑顔を向けた。

染太郎《そめたろう》、音吉《おときち》の顔もある。

「柳生新陰流は〈後の先〉ゆえ、側室の顔色をうかがうのもその手口か。しっかり見届けてから飛び出してきたのであろう」

茂氏までが貫長に合わせて冗談を言えば、染太郎と音吉も俊平の困り顔を見かえして面白がった。

「上巳の節句の登城日には、なにやら上様に呼ばれておったが、内々のご下命に、だ

いぶ苦労をしておるようだの」

　貫長が、浮かぬ顔の俊平をうかがい、真顔になって訊ねた。

「まあな」

　俊平は、そう言ってどかりと座り込み、隣に座った梅次の酒を黙りこくって朱の盃で受けた。

「さすがに、ご下命の内容を、このような席で漏らすわけにはいかぬか」

　貫長がさぐるように言うと、

「あら、ならあたしたち、席を外しましょうか」

　梅次が気をきかせて、染太郎、音吉に目くばせした。

「いや、よいのだ。じつは、三人にも聞いてもらいたい話なのだ」

　俊平が、梅次に膝を向け真顔で見つめ、

「まあ、嬉しい。あたしたちがお役に立つことなら、なんでも」

「じつはな、こういう話だ」

　俊平は、ぐるりと女たちを見まわして、

「話を聞いておろうが、上様はな、幕府の財政の立て直しに本気で取り組んでおられる。将軍でありながら、綿服《めんぷく》を着用され、外出時には大草鞋《おおわらじ》。食事も一汁二菜、見ていておいたわしいかぎりだ」

「そういうお話は、長らく宴席で聞いておりますよ」

梅次が二人の女と目を見あわせた。

「まことは、我らも見習わねばならぬのだがの……」

貫長が、酒膳の料理を見下ろしてそう言えば、

「なに、わしは国許では、ありえぬほどの倹約家だ」

茂氏は、そう言って咳払いし、胸を張った。

茂氏の領地喜連川藩五千石は山間《やまあい》の地で、藩の出費を抑える以外これといった産物もなく、できることといえば、倹約くらいしかない。

「それにしては、茂氏さま。このところお店にはよくお越しいただきます」

染太郎が、からかうようにそうに言った。

「いやいや、私も一万石同盟に加えていただき、江戸が思いのほか愉しいところであることを知ってしまった。領民のことを思えば、このあたりで、ちと引き締めなくてはならぬ」

「まあ、引き締め過ぎないようにしてくださいまし。あたくしどもがとても、寂しくなります」

音吉が残念そうに言って、茂氏にすがりつく。

関取ほどの体軀《たいく》の茂氏と音吉は、親子のようにみえる。

「まことに公方様は、だいぶ人間がやわらかになられた。我ら、いささか責任を感じておる。のう柳生殿」

貫長は俊平を見かえし、苦笑いして首を撫でた。

「だがその代わり、酒の味についてだいぶ詳しくなったであろう。新しい銘柄も、売り出すつもりと聞くぞ」

貫長もよく、新酒を求めて方々に茂氏と飲みにいくという。

「近々、江戸の各所で売り出す」

「あいすみません。まだそのお酒、うちには置いてなくて」

梅次が、申し訳なさそうに言った。

「なに、まだ売り出してはおらぬ」

「なあんだ」

「飲み代はどのような酒が出まわっているかを知るためにも必要だ」

茂氏がからからと笑った。

「それに、金も少しはあってもよいのだ」

貫長が冗談半分に茂氏に問いかえした。

「裏金か。そのようなものがあれば、嬉しいのだが」

茂氏の藩は、裏金とは無縁らしい。

「裏金は、いわば必要悪でな。裏金と言ってもあまり目くじらを立ててもの」

貫長がそう言って、また盃をあおった。

それを苦笑いして見かえし、

「そう私も思うていたが、いささか度が過ぎるものがある。勘定奉行が各奉行に知恵を授けてまわっておる。そう大っぴらにやられては、上様も見て見ぬふりはおできにならぬのだろう」

「ほう、それは知らなかった」

俊平の話を受け、貫長が驚いて真顔になって言った。

「これは、内々にな」

俊平が、三人の女たちに目くばせした。

「もちろん」

染太郎がうなずいた。

「その裏金づくりの指南が、たびたび深川の〈柊屋〉で行われているというのだ」

「まあ、〈柊屋〉さんといえば、深川きっての大店でございますよ。そのようなところで、なんとも贅沢なご指南の会でございますこと」

梅次も、あきれ顔で染太郎と顔を見あわせた。

「梅次、そなた〈柊屋〉の座敷に出たことはないか」

俊平が、梅次の酒を受けて訊ねた。

「敷居の高いお店ですから、あたしなんぞ。でも、たまにはお声のかかることがございます」

「あたしは、ぜんぜん」

染太郎が、そう言って口を尖らせた。

「ならば、〈柊屋〉の置屋は知っておろう」

「置屋は、こちらと同じでございますよ」

「ならば、梅次。口を利いてもらうわけにはいかぬものか。裏帳簿の指南の会がある日に、隣の室を確保したい。耳のよい密偵がおってな。その指南の会の内容を聞き取ってくれる」

「あいわかりました。それくらいのこと、お安いご用でございますよ」

梅次は、ポンと胸をたたいて気前よく請け負った。

「裏金をあまりあぶり出していただいては、正直商売にひびきますが、その勘定奉行、たちが悪すぎますよ」

梅次が憤然と言えば、

「ぜひ、懲らしめましょう、お姐《ねえ》さん」

染太郎も、愉快そうに応じる。

「そうです。倹約いちずに頑張っておられる上様や柳生さま、公方さまが、とてもおかわいそう」

音吉も、それはそうと口をへの字に曲げてうなずいた。

「それで、柳生殿。ご下命はそれだけか」

酒がまわって、頬を紅らめはじめた茂氏が、思い出したように訊ねた。

「なぜ、そのようなことを言う。茂氏殿」

「いや、上様にお会いした折、柳生殿にはいくつか頼みごとをした、と申されていたのだ」

「なに、大岡殿の手伝いだ。大した話ではない」

俊平が、ちらと梅次を見かえして言った。

上様が財政難で困り果て、あてにもならない宝探しを始めたなどと女たちに言えた話ではない。

「なんだか面白い。なおさら聞きたくなってきた。ねえ」

梅次が、俊平ににやりと笑いかえした。

「これは、人の欲にからむことゆえな。公言できぬ話だ」

俊平は貫長と茂氏に目くばせして言う。

「まあ、それを知れば、人が欲に狂うとでも？」

染太郎も話に乗ってくる。

「そうとも、かぎるまいが……」

「じゃあ、聞かせてくださいよ」

梅次と染太郎が声を揃えて俊平に迫った。

「しかたない。これは、ぜったいに口外無用ぞ」

俊平はあらためて女たちに念を押した。

「柳生さま、辰巳《たつみ》芸者を見損なっていただいては困ります。辰巳芸者は口が堅いので鳴り響いておりますよ。ご懸念はご無用に願います」

梅次が、男まさりの啖呵《たんか》を切ってから、

「ねえ」

と、染太郎と音吉に念を押した。

「して、話はなんだ」

貫長が膝を乗り出し、その大きな顔を俊平に近づけた。

「財宝探しだ――」

「宝探しか」

「結城家の財宝だ。遡《さかのぼ》れば、奥州藤原氏にたどり着く莫大《ばくだい》な財宝だろう」

茂氏が目の色を変えた。

「あ、それならわしは何もないと見ておる」

茂氏が手を振って否定した。

「なぜだ、おぬしは詳しそうだの」

「なに、私の家はずっとこの坂東《ばんどう》に居《きょ》を置いていた。結城家とは、激しく対立したこともある。あの地を領する水野は下総の小藩。藩内もあまり豊かではない。その見込みがあるものなら、躍起《やっき》になって掘り出しておろう。ところが貧乏のままだ」

「なるほどの……」

「あの家が華やかであったのは、室町《むろまち》の世まで。その頃までに遣い果たしたのであろう。財が残っていたとしても、ごくわずかであろう」

茂氏も得意気になって知識をひけらかした。

四

「柳生さま、お取りしたお部屋はこちらでございます」

三日後の夕刻、遠耳の玄蔵と惣右衛門を伴い、深川仲町の料理茶屋〈柊屋〉を訪ねてみると、梅次がすでに話を通してくれているらしく、店では小女《こおんな》がすぐに三人を二階の奥の十畳ほどの部屋に通した。

酒膳も用意してある。

三人はその前に腰を落ち着けると、やがて梅次が現れ、

「芸者は、要らないって言っておきましたよ」

と俊平に伝え、

「ご武運を」

と両手を合わせて去っていった。

俊平の世話を焼くのが、梅次はずいぶん嬉しいらしい。

部屋を見まわせば、里御所風の艶《つや》めいた一室で、大和絵《やまとえ》風の艶《あで》やかな襖絵が鮮やかである。

「男三人で飲むのは、ちと不粋だの」

苦笑いして、ちびちびと始めていると、やがて、田崎源吾《たさきげんご》という名の勘定奉行が姿を現した。

これは、上様から直々《じきじき》に下命があってやってきたものらしい。

「私は、特命にて諸役の裏金をあぶり出しておる」

俊平がそう言えば、

「上様より、すべてお聞きしております」

田崎は、得心して俊平を見かえした。

「私も、神尾殿を厳しく責めたてたくはない。だが、そこもとも勘定奉行ゆえ、幕府の財政がいかに苦しいかは承知しておられよう」

田崎は俊平を見かえし、うなずいた。

玄蔵は、黙って控えている。

「こちらは、遠耳の玄蔵と申してな、上様直々のお庭番だ」

「お初にお目にかかる」

田崎が冷ややかに応じた。

「襖を隔てて、隣の話し声がすべて聞き取れる。玄蔵が話を鸚鵡返《おうむがえ》しにするので、おぬしはそれを筆記してほしい」

「それは、それは」

勘定奉行田崎は玄蔵を見かえし、それほどの密偵に会ったのはこれが初めてだと言った。

「裏金をすべて絞り出すつもりはない。だが、このような店を夜毎借り切っての裏金づくりの指南の会は、ちとやりすぎとは思わぬか」

「まことにもって」

「上様は神尾のこれまでの財政立て直しの功績を重く見て、穏便《おんびん》に事《こと》を済まさんとのお考えのようだ。それゆえ、厳しいご沙汰《さた》は下るまい。叱る材料にするまでだ。同僚を売るなどと考えずともよいぞ」

「心得ましてございます」

「後々おぬしが、後ろ指をさされることはない。裏金づくりは、すでに上様がお気づきだから」

「さようで」

田崎は、上様直々の下命ゆえ否応もないと、憮然としている。

「されば」

玄蔵が、襖の近くまでにじり寄り、片膝を立てて隣室の気配をさぐる。

「大丈夫でございます」

玄蔵が小声でうなずいた。

みな酒が入っており、気取られているようすは感じられないらしい。

田崎が、用意した矢立をとりだし、玄蔵が小声でつぶやく言葉をしっかりと書き記していった。

作業は、半刻（一時間）ほどで終わり、あとは飲めや唄えの酒宴となる。

「しっかり、書き取ったようだの」

俊平は、田崎の調書を満足そうに眺めると、

「これで、終わりでございますな」

ほっとして、田崎が俊平を見かえした。

「いや、今宵はちと脅しつけて帰ることにしよう」

俊平は、言って玄蔵と共に立ち上がると、廊下に出て隣室に廻り、その襖をからりと開けた。

「あっ」

勘定奉行神尾春央とその配下の侍が驚いて声を挙げた。

「こ、これは柳生殿ではござらぬか」

神尾が、顔を強張《こわば》らせて俊平を見かえして言った。

「あ、これは神尾殿ではないか。あ、いや、失礼した。酔っておってな。部屋をまちがえたようだ」

酔ったふりをして、俊平はぐるりと部屋を見まわした。

同じ紋服姿の役人たちが、同じ酒膳の前にずらりと並んでいる。

上座にぽつりと鴻池平右衛門の姿がある。

「それに、しても……」

俊平が言った。

「ずらりお刀《かたな》奉行の面々がおそろいだ。お賑やかでよろしうござる」

俊平がにやりと笑って一座を見まわすと、宴の席が水を打ったように静まりかえった。

「そこにおられるのは、お刀奉行滝本主水《たきもともんど》殿か」

刀奉行の滝本が、舌打ちして俊平を見かえした。

滝本は酔っているので、それくらいはわからぬと思ったらしい。

「そちらは、鴻池江戸店の鴻池平右衛門殿。いつぞやお目にかかりましたな。はて、こちらで何か、指南の会のようなものでもお開きか」

「いえいえ、たまたま勘定奉行の神尾春央殿と出会い、ご一緒に飲んでおりました」

ほとんど横を向いて、ふてくされたように鴻池が応じた。

「おぬしは、田崎ではないか」

神尾が同僚の田崎に気づき声をあげた。

田崎はバツが悪そうに同僚の神尾春央を見かえした。

「こちらは、お庭番遠耳の玄蔵。忍びだけに、すこぶる耳がよく、なにやらこちらの会の内容が、すべて聞こえてしまったと申しておる。いかに遠耳であろうと、秘事は秘事、私から叱っておいた。上様のお耳に達すれば、大ごとになるからな」

神尾春央が、げっと玄蔵の顔を見かえし、酔った紅ら顔を小刻みにブルブルと震わせた。

「いずれにせよ上様は神尾殿のこれまでの財政立て直しの功績を重く見て、穏便に事《こと》を済まさんとなされるであろう。されば、ご無礼」

襖をぴしゃりと閉めると、

「ううむ、やったな」

俊平は玄蔵と顔を見あわせ、不敵に笑った。

「薬はたっぷり利かせた。神尾春央め、これは温情、上様にはやんわりと報告しておくれ。これに懲りてこのような会合をやめてくれればそれでよい」

「上様もご承知と聞いた以上、神尾はとても逆らうことはできますまい」

玄蔵がにやりと笑った。

「それより、ちと心配なことがございます。あの鴻池めの目が」

惣右衛門が、俊平に耳打ちした。

「ほう、よう見ておらなかったが……」

「今や天下の財の半分を支配するというほどの大立者である鴻池、殿には、きっと反発を強めましょうな」

「なに、その時は、その時のこと。これは上様にて、直々の御下命ゆえ、こちらとて拒むことはできぬ」

俊平は、平然と言ってのけた。

「されば、飲み直しだ。このような料理茶屋などめったに足を運べぬ。せいぜい座敷でゆったり舌つづみを打ちたい」

「今宵は、百万石大名でございますな」

惣右衛門も、思わず軽口をたたく。

「あっしなどにはもう、二度と上がることのできねえお座敷でございます。たっぷり愉しませていただきますよ」

玄蔵が、頭を掻きながらそう言うと、

「されば、私めもご相伴《しょうばん》させていただきます」

勘定奉行の田崎もにんまりとする。

「よいな、さあ、みなで騒ごう」

俊平は、田崎と玄蔵の肩を取り、笑みを浮かべて座敷にもどっていった。

第三章　密室談議

一

柳生の里に逗留中の大樫段兵衛から、江戸藩邸に早飛脚《はやびきゃく》で書状が届いたのは、俊平が深川の料理茶屋〈柊屋〉に踏み込んで神尾春央の裏金づくりの指南の会でひと騒ぎしてから五日ほど経ってのことであった。

混乱のなかで急ぎしたためたものらしく、いつも以上の乱筆で、判読しがたい段兵衛の文面がさらに読みにくいものになっている。

それを一文字一文字ていねいにたどりながら、俊平が読みすすめていってわかったことは、国表では藩士の間に日に日に借財が積み上がっていくことへの苛立《いらだ》ちが募りはじめており、藩主柳生俊平をつかまえて、藩政の改革をつぎつぎにつきつけようとしていることであった。

それができぬ場合は、俊平に隠居を求めようとする一派と、窮地に立つ俊平に同情を寄せあくまで話し合いで問題に当たっていこうとする穏健派の対立が起きているという。

そのため、これまで穏やかな笑みを向けてきた藩の古老たちも、段兵衛を藩主側とみて、ことさら厳しく当たりはじめたという。

――このままでは、藩は二つに割れ、ひと騒動が起きるかもしれぬ。

と、段兵衛は深刻な結論を記していた。

急進派の先鋒は、国家老の小山田武信《おやまだたけのぶ》であるという。

段兵衛はさらに、柳生家の血筋の古老の名を数名挙げていた。

「殿、これは、もはや呑気《のんき》に裏金潰しなどやっておる場合ではありませぬな。なんとかしなければ」

惣右衛門はそう言ってから、

――そろそろ結城にも出向いてみねばなるまい。

と言う俊平に、止《とど》まるよう進言するのであった。

伊茶も慎吾も、やむを得ないこと、と俊平に旅の延期を助言する。

「小山田武信めか」

俊平も、国表の国家老の名を吐き捨てるように言った。

小山田武信が反藩主派の中心人物であることは、これまで俊平につぎつぎに注文が出てきているので察しがついていたが、反藩主派は、他にもかなりいるようである。

「書状の中ほどで、段兵衛殿はいろいろ記してござるか。私には老眼がすすみ、よう読めませぬ」

惣右衛門が、俊平から書状を受け取り、それでも目を細めて文字を追った。

「国表では、私にいろいろ注文をつけようとしているらしい」

俊平は惣右衛門からまた書状を受けとって、もういちど読み通し、重く吐息をもらした。

惣右衛門が、まだ苛立たしげに書状をのぞき込んでいる。

「なになに、柳生藩は江戸の幕府から剣術にて禄をいただいておるゆえ、江戸柳生をさらに強いものにせねばならぬと言い、なんならば、こちらから人を派遣するも辞さずとも申している」

「見たようなことを。これはおそらく、江戸家老の脇坂主水の報告を聞いてのものでありましょうな。あ奴め。大和から腕の立つ者を送って鍛え直させてくれるともいきまいているらしい」

「どうせ、引っかき回しに来るだけでありましょうが」

　惣右衛門が、苦々しげに言った。

「段兵衛は、江戸柳生の開祖柳生但馬守《たじまのかみ》新陰流の流れをくむ新陰《しんかげ》治源流《じげんりゅう》を修めた者。その自分が見ても、道場には江戸柳生がしっかり根付いていると弁明したが、まるで埒《らち》があかぬと言うておる」

「敵意剝き出しと、段兵衛殿は言っておりまするな」

　惣右衛門が、伊茶と顔を見合わせて嘆いた。

「さらに、江戸でも柳生の炭の販路を開拓せよと言っておる」

「江戸まで炭を運ぶより、大和に近い京、大坂を、大和柳生で開拓せよと申しているのだが、これも聞かぬようだ」

「まことに、困ったものでございまする」

「なに、ご老人らはみな、私が養子であることが悔しくてしかたないのだろう。すべては、そこに帰結するのだ」

　俊平が、憮然《ぶぜん》とした口ぶりで言った。

「まことに。殿が、とやかく言われるいわれはまったくございませぬ。ご正室阿久里《あぐり》さまとの仲を引き裂かれて、身を切るような思いで柳生家に入られたのも、すべて幕府に命ぜられてのこと。殿が望んだことではござりませぬ」

「まあ、言うてもせんないことだ。私が、尾張柳生を修得しておることも、面白うないのかもしれぬの。世の中、まことと思うようにはいかぬもの」

俊平はそう言って書状をたたみ、重い吐息とともに、対策を考えはじめた。

二

木挽町《こびきちょう》の柳生藩邸に、国表柳生の里から、三人の免許取りを引き連れ、村瀬甚左《むらせじんざ》衛門《えもん》なる古老が訪ねてきたのは、それから数日後のことであった。

江戸家老の脇坂主水と俊平の用人梶本惣右衛門が玄関まで出迎える。

三人の高弟はそれぞれ、高梨源吾《たかなしげんご》、尾沼祥吉《おぬましょうきち》、辻弥太郎《つじやたろう》と名乗り、段兵衛の書状では、

――立ち合い稽古では、それがしなど、とても歯が立たなかった。

と伝えてきた豪の者らであった。

その三人を背後に従え、村瀬甚左衛門は国表の古老からの嘆願のかたちで箇条書き

にしたためた要求を、険しい表情で俊平の膝元にすすめた。

俊平は、その書付を重い吐息とともに手に取り、ざっと眺めてから、

「ほう。これを、すべて私に呑めと申すか——」

憮然としてそう言って、村瀬甚左衛門を見かえした。

「その儀、むろんご藩主のご判断にお任せいたしますが」

だが、そう言う甚左衛門の目には、有無を言わさぬ威圧感がある。

俊平はもういちど書状に目をもどし、太い筆致で箇条書きにされた文字に目を通した。

その要求は、俊平を藩主とも思わぬ高飛車《たかびしゃ》なもので、曰《いわ》く、
一、連れてきた三人の門弟で、江戸柳生の門弟を鍛え上げてほしい。将軍家剣術指南役に相応《ふさわ》しい江戸随一の道場に生まれ変わらせるため。
一、これ以上の借り入れは、財務上無理。新たなる殖産の対策を至急考えていただきたい。さらには、江戸での炭の販路をつくってほしい。増産の準備を至急整えたい。
一、国表ばかりではなく、江戸表でも日々の出費をしっかり管理していただきたい。藩主の遊興は、ほどほどに願いたい。
またさらに曰く、

一、世継ぎは藩存続のための緊急の課題。ご側室は一人といわず、幾人かご用意なされよ。

といった内容である。

むろん、何度も繰り返されてきたことではあったが、あらためて目にすれば、厳しい内容のものばかりである。

「ふうむ」

俊平は、そう言って村瀬甚左衛門に目をもどした。

この人物は、柳生の庄では旧家の名門で、土地の者の信頼も篤《あつ》く、それゆえに反俊平派の一人として、担ぎ上げられているらしい。

厳しい表情で俊平の返答を待っているが、それほど押し出しのある人物とも思えず、藩主との交渉役として柳生の古老はあえてこうした温厚な男を選んだのかもしれないと俊平は思った。

「いずれも一朝一夕《いっちょういっせき》にはいかぬ問題ばかりにて、即答のできぬことばかり、いますこし検討させていただきたい」

俊平も、ひとまずそう返答するよりない。

「だが、側室はご藩主の問題。これについての口出しは無用に願いたい」

惣右衛門が、俊平から回された書状にざっと目を通し、主に代わって甚左衛門に厳しい口調で反論した。

伊茶が膳所に命じ、酒膳をととのえれば、わずかに緊張もほぐれ、惣右衛門の硬い表情に笑みがもれる。

俊平は先日鴻池の江戸店と接触し、新規の借り入れを申し出たが断られたことを告げると、話はすでに江戸家老の脇坂主水から聞いているらしく、古老村瀬は俊平の労をねぎらった。

「それにしても、側室の件、あまりに気が早いのではないか」

伊茶にもかかわることなので、会食の後、村瀬たちをあえてその場に残らせて俊平が言った。

村瀬は、ちらと伊茶を見かえして黙り込んだ。

「こちらはの。伊予小松藩《いよこまつはん》の姫君にて、けっして側室としてお迎えするようなお方ではない。それを、私のわがままを聞いてもらい、上様からの直々のお勧めもあって側室にお迎えした。それにまだ、奥に迎え入れて半年が経ったばかりだ」

俊平が半ば笑いながら言えば、村瀬もそれ以上強くは言えない。

「これは事情も存じませせず――」

そう言って、口ごもるばかりである。

「とはいえ、ようやくご側室をお迎えになられたゆえ、国表ではみなの期待が高まっております。お世継ぎを待ち望んでおりまする」

村瀬は額の汗を拭いながら伊茶を見かえし、つくり笑いを浮かべた。

「古老の方々は、ずいぶん焦りをおぼえておられるように見受けられる。それはなにゆえであろうな」

俊平は、率直に思うところを村瀬に訊ねた。

村瀬甚左衛門は、うつむくと息を呑んでから、

「借り入れは千両を越えたと聞きおよびまする。さらに金利分も嵩《かさ》むばかり。これ以上は借りられぬとなれば、藩士らの生活にも影響が出てまいりますゆえ」

村瀬は言葉を選んでそう言う。

「無理からぬことではある」

惣右衛門が、間に入って言葉を添えた。

「じつは……」

すると、客間の襖が荒く開いて　江戸家老脇坂主水が部屋に飛び込んでくると、俊平と村瀬甚左衛門を交互に見て、言いにくそうに口をつぐんだ。

「どうした、主水」

「いえ、その」

「なんの、村瀬殿もわが藩の者、遠慮はいらぬ」

俊平が強く促せば、

「新たにひとつ、困った事態が生じております」

「困った事態――？」

主水の表情に、ただならぬ緊張が浮かんでいる。

「その、本日金を借りております掛屋〈大和屋〉から申し出がございまして」

村瀬甚左衛門も、初めて聞くことらしく、緊張した面もちで主水の言葉を待っている。

「早う、申してみよ」

「借り入れが、千両にも及びますゆえ、半分なりとも返済できぬものかと」

「馬鹿なことを申す。不足ゆえ、借り入れようとしているのだ。返済できるはずもあるまい」

俊平は、さすがにむっとして、拳《こぶし》で膝をたたいた。

「どうやら、鴻池からの借り入れが叶わぬのを見て、返す力を疑うようになっておるようにございますな」

惣右衛門が、いまいましげに言った。

「この儀、いかがいたせば、ご藩主……」

主水が、ひどく狼狽《ろうばい》して俊平を見かえした。

「すぐには返答できぬ、とだけ伝えておいてくれ」

「は」

脇坂主水はそう言って苦笑いした。

「まこと当節の藩主は、扶持《ふち》を得るだけではつとまりませぬな。いずこの藩も殖産に
おおわらわ。柳生藩は将軍家剣術指南役ゆえ、参勤交代《さんきんこうたい》もなく、江戸在府。国表の殖
産については、いっそ我ら里の者にお任せいただけませぬか」

村瀬甚左衛門が、遠慮がちに俊平に言った。

「任せておるではないか」

「できれば、支出についても、大和にて管理いたしとうございます」

「考えておく」

俊平は伊茶と顔を見あわせ、吐息を漏らした。

「して、その五百両もの返済金、あてがございましょうか」

古老の村瀬甚左衛門が、俊平にあらためて問うた。

「ない。あろうはずもないではないか。だから、鴻池に頭を下げに行ったのだ」

「されば、もはや、万事休すとなりまするの」

江戸家老脇坂主水が、苦りきったように言った。

「ここは団結あるのみ。殿にはご隠居いただき、柳生家より血筋の者を藩主に立て、急場をしのぐのも一策かと存じまする」

村瀬甚左衛門が、追い打ちをかけるように言う。

「わしに藩主をやめよと」

「国表には、柳生の里の産物に精通し、しかも上様に剣術をご指南申し上げることのできる者が幾人かおりまする。そうした者をご養子に迎えられ、次のご藩主になされば、柳生家の面目も、殿の面目も立つかと存じまする」

「しかしそれには時間がかかろう。それに、上様がお認めにならねば、それも叶うまい」

惣右衛門が、俊平に救いの手を差し伸べた。

「事情を申しあげ、藩の窮地をご説明すれば、叶わぬでもございますまい。まずは、ご老中松平乗邑様にでもお話を聞いていただいては」

江戸家老の脇坂主水が、ちらと俊平を見かえして言った。

「いまひとつわからぬ。なにゆえ松平殿がしゃしゃり出てこられるのか」

「松平様は、当家の窮状を耳になされ、城中にて先日それがしに、知恵が欲しくはないか、相談にまいろうとお声をかけてくだされた」

「だが、なにゆえそなたに」

俊平が、目を剝いて脇坂を見かえした。

惣右衛門も、鋭い眼差しで主水を睨みすえる。

「もうよい。今日は村瀬殿は長旅で疲れたであろう。退《さが》って休むがよい」

「いえ、話はまだ終わっておりませぬ。いましばらく、お話をつづけさせてくだされ」

村瀬が俊平の配慮を振り払うように言った。

「まだ、話があるのか」

俊平は脇坂主水を部屋にもどらせてから、おもむろに村瀬甚左衛門に言った。

村瀬は連れてきた三人の男たちを見まわし、

「これに控える三人、先代柳生俊方様ご存命の折、江戸にて江戸柳生をしっかり修めた者。国表で耳にする当道場の門弟の腕は、目を覆《おお》うばかりと聞きおよびます。ぜひにもご師範、この者らを道場に立たせていただきたく存じまする」

「同門のこと。稽古ならば、自由になされよ」

穏やかな口調にもどってそう言ったが、

「ただし、江戸には江戸の流儀がある。あまり里の稽古を押しつけられぬなよ」

俊平は、そう言って釘を刺すと、

「さればそなたら、ご門弟に稽古をつけてさしあげろ。ただし、手荒に撃ちかかってはならぬぞ」

村瀬甚左衛門は三人にそう伝えると、俊平らに夕餉《ゆうげ》の膳の礼を述べ、三人の高弟を引き連れて客間へともどっていった。


「いやいや、話には聞いていたが、国表の風当たりの強さは相当なものだな」

四人が部屋を出ていってから、その背を見送るようにして俊平は惣右衛門と顔を見あわせ苦笑いした。

「だが、私は決して辞めぬぞ。五百両ごときで、どうして退こう」

「まことにございます。こうなれば、徹底して国表と闘う覚悟」

惣右衛門はそう言って、戻ってきた江戸家老脇坂主水を見かえせば、俯《うつむ》いている。

「おぬしは、どうなのだ」

「私で、ございますか……」

脇坂主水は、そこまで言って言葉をつまらせた。

先代からの藩士で、柳生の庄と交流は深いが、江戸にあって日々藩主に接し、心を共にするところもあるらしい。

「江戸にて、ご藩主と苦楽をともにいたしておりまするゆえ、お立場はよく存じております る」

「おぬしは、ずっと鴻池に張りついておったの。こたびの貸《か》し剝《は》がし、鴻池も一枚嚙んでいるとみえなくもないが……」

「おそらく、鴻池はかの財宝に欲を出しておるのやもしれませぬな」

脇坂主水は、小さく言って口ごもった。

「この話には、驚いたことに勘定奉行の神尾も嚙んでおるらしい。神尾の背後には、さらに老中松平乗邑殿がおられる」

そう言って俊平は、脇坂主水をうかがい見た。

「相手は手強い」

惣右衛門が、口ごもって独り言のように言う。

「しかし、天下の鴻池が、なにゆえ宝探しなどに熱中する」

惣右衛門は、溜息まじりにそう言って口ごもった。

「はて、わかりませぬな」

脇坂もそう言うと黙り込んだ。

「いえ、これしきのこと、俊平さまともあろうお方が、負けてなるものでしょうか」

後ろでこれまでの話を黙って聞いていた伊茶が、初めて口を開いた。

「だが伊茶、返済金五百両だぞ」

俊平が苦笑いして伊茶を見かえした。

「五百両、でございますね」

伊茶もじっと考え込んでいる。

「実家の小松藩に相談してみても、同じ一万石の小藩、おそらく五百両は無理と存じますが、百両くらいなら、なんとか工面できるかもしれませぬ」

伊茶は、明るさを取りもどして言った。

「それはありがたいが、すぐに返すあてなどない」

「なに、兄のこと、お待ちいたしましょう」

「そうそう、そう言えば――」

俊平が惣右衛門を見かえし、表情を明るくした。

「はて、なんでございましょうな」

惣右衛門が、目を見開き膝を乗り出した。

「あの、結城家の財宝だ。見つかれば、褒美《ほうび》をとらすと上様は申された」

「しかし宝探しごときに頼るのは、いささか心もとなく、また情けのうございます」

「それは、そうだがの、他にあてはない」

俊平がまたむっつりと塞《ふさ》ぎ込む。

「とまれ、上様直々のご下命。ぜひにもその財宝、お見つけなされませ。おこぼれだけでもいただければ、前途も開けてまいりましょう」

伊茶が、調子よくそう言ってまた俊平を励ませば、

「それなれば、運だめし、まずは富籤《とみくじ》から買ってみまするか」

惣右衛門が、めずらしく戯れ言を言ってみなを笑わせるのであった。

三

「というわけで、あとすこししたら、しばらく江戸を留守にすることとなるが、稽古は

たゆまず励んでほしい」

中村座楽屋裏の三階の座頭の部屋を訪ね、俊平は出会う若手の大部屋役者たちにそう言ってまわった。

愛用の銀煙管《ぎんぎせる》で煙草《たばこ》をくゆらす大御所市川団十郎にも、しばらく江戸を留守にする事情を告げると、

「なあに。うちの若い者《モン》のことなんぞ、お気になさらずに。それより、柳生先生、この間の〈泉屋〉の一件、気になってしかたがありやせんでした。そんなに藩のご内情が厳しくなっているんで。ちっとも知りませんでしたぜ」

大御所は、心配そうに俊平の顔をのぞき込んだ。

「なに、当節いずこの藩の台所も、同じようなものだろうよ」

「そうはおっしゃっても……」

大御所はなにやら付け人の達吉に小声で指図すると、達吉は小さな木箱を運んできた。

「いえね、あっしら役者風情にはまるで金が残らねえたちで、手元にあるのは三百両ばかりだが、ある時払いの催促なしで、どうか遣《つつ》ってやっておくんなせえ」

そう言って達吉に木箱から取り出させたのは、包み金《きん》が十以上ある。

「いけないよ、大御所。こんな大金」

俊平が、驚いて見かえせば、

「なあに、これでも千両役者のはしくれ。三百両ぐらいなら、どうとでもなりまさあ。気にしないでおくんなさいまし。これしか用意できねえのが、ちっとばかり心苦しいんだが」

「いや、しかし……」

「なあに、あっしと柳生先生の仲じゃございませんか。ご遠慮などなさらず、どうかお納めになってくだせえ」

大御所にそこまで言われては、俊平ももはや退くに退けない。

「すまないねえ。涙が出るほど嬉しいよ。ならば、すぐに返すとして」

俊平は、思わず目頭《めがしら》を押さえた。

「おっと、いけません。日本一の剣の先生が、これくれえのことで涙なんか流してもらっちゃ、男がすたりますよ。それより、江戸を離れて、いってえどちらに」

「じつは、宝探しで結城まで行ってくるんだ」

俊平が苦笑いして言った。

「あの有名な結城の財宝さがしでござんすか。そいつは面白い」

「はは、大御所、結城家の財宝の話は知っていたのかい」

「結城といやァ、結城合戦でも有名なところでございます。うちでも芝居にできねえものかと、宮崎翁がいちど調べたけれど、あれは、坂東の豪族と組んで結城家が室町幕府と、将軍に叛旗《はんき》を翻《ひるがえ》した話でござんしたね」

「あの話はいろいろ調べてみたが、まさか財宝の隠し場所までは調べちゃいないよ」

宮崎翁は、にこにこと笑いながら二人の話に首をつっ込んできた。

「そういや、結城に近い下野国《しもつけのくに》の小山《おやま》ってところから出てきた大根役者がいてね。あの辺りのことは、だいぶ話に聞いたことがあった」

「そいつは瓢簞《ひょうたん》から駒《こま》のような話だな。大御所、その役者をぜひにも私に紹介してくれないか」

俊平が、意外な表情でその顔を大御所に向けた。

「おい、達吉」

「へい」

宮崎翁が手をあげて、呼びにいくよう指示をする。

達吉は、誰のことかすでに承知しているらしい。

しばらくして、大部屋の戸ががらりと開くと、見覚えのある若い男がとぼけた顔をひょいとのぞかせた。小柄で細身の、すばしっこそうな役者である。

「こいつは、名を新助《しんすけ》と申しやす。まだセリフのある役は付けてもらっていねえが」

大御所が、ちょっとからかうような口ぶりで言った。

「先生、こいつのことはご承知ではございませんで」

達吉に呼ばれて、ペコリと頭を下げる新助をじっと見かえせば、なるほど何度か目にしたこともある男である。

「柳生先生がな、このたびおめえの郷《さと》の隣の結城の地をお訪ねになるそうだ。初めてのご訪問だ。なにか土地勘《とちかん》になることがあれば、お教えしな」

達吉がそう言えば、

「なんでも、お訊ねくだせえ。知っていることは、漏らさずお話ししやす」

気のいいところのある若者で、役に立つなら嬉しいと笑顔で俊平の前にどかりと腰をすえた。

「結城の辺りは、水野家の領地だ。ご藩主の評判はどうだね」

「ご藩主が、何かなさいましたので」

「いやァ、お城でよく顔を合わせる人でね。この間は、上等な菓子をもらったよ」

「へえ。それが、妙なお方で……」

新助は、さっそく水野勝庸のことを語りはじめた。

「ずいぶん好き勝手ばかりをやって、ご家来衆を困らせているそうで」

「ああ、子供のようなお人だね。ちょっと我儘《わがまま》なお殿様だ」

「一昨年、先代の藩主が隠居されたばかりなんで」

新助は、他国の藩主の話なので気を許したか、舌がしだいに滑らかになっていく。

「評判と言っても、国許から届いた話なんで、あてにはなりませんが、結城藩はそんな調子で、金蔵が空っぽだそうです」

「ほう、空っぽか」

「先代の殿様が、派手に遣っちまったんで、どうやらそのツケが回っているそうで。税も重くなるんじゃねえかと、村の者はひどく心配しておりやす」

「そうか。そのあたりことは、あの男から察することができる。だがな、結城といえば奥州藤原氏の財宝が眠っているというじゃないか。その財宝を掘り出せば、藩もだいぶ潤うはずだが、やはりないのかねえ」

「さあ、あるのかないのか。たしかにその話は、国許じゃ折に触れて人の口に上りやすが……」

「そうかい。けっこう土地でも有名な話なんだな」

「そりゃ、奥州藤原の平泉は、中尊寺《ちゅうそんじ》の黄金の阿弥陀堂で有名なところで。そこから奪い取ってきた黄金でさァ。並大抵の量じゃありませんからねえ」

「その金に目をつける者が後をたたないのも、無理はないか」

俊平は新助を見かえし、なるほどとうなずいてみせた。

「へい。あの辺り、一攫千金《いっかくせんきん》を狙う妙な奴らがうようよしておりやす」

「結城の財宝には、太閤殿下も目の色を変えておりましたからね」

大坂出身の宮崎翁は、太閤贔屓で、秀吉のこととなるとすぐに話に乗ってくる。

「そういう話なら、神君家康公も同じだそうで、結城秀康公を越前に移転させて、その直轄領としてさんざん掘り返したという話でさあ」

「ほう、こうなると東西対決の関ヶ原《せきがはら》だな」

「妙なたとえでございます」

大御所が、クックッと咽《のど》を鳴らして笑いだした。

「とまれ、徳川家はそこまで執着していたというわけだ。これなら上様が、ご執着になられるのも無理はない」

俊平も、感心してうなずいた。

「そりゃ、地元でも有名な話で、何人《なんぴと》たりとも城の領域に無断で一歩も足を踏み入れるべからずというお札が、何十年もずっと立っていたという話でさァ」

新助が、地元自慢が嬉しいのか、滔々《とうとう》としゃべりまくった。

「それだけ探してもなかったんだ。あのお方も、さぞやご苦労なされておろうな」

俊平が隣で小屋の大きな湯呑みの茶を飲んでいる惣右衛門に声をかけると、

「いってえ、どなたがご苦労されているんで」

大御所が、俊平主従の話に面白そうに割って入った。

「中村座じゃ、ちょっと評判が悪い人なんで、名は出さぬほうがよいのではないかと思うが……」

俊平が、口ごもりながら大御所を見かえした。

「ははァ」

大御所が、にやりと笑って顎《あご》をつまんだ。

「それは、大岡忠相様で――」

「まあ、そういうところだ」

俊平もつられて苦笑いし、うなずいた。

質素倹約を旨とする将軍吉宗の下、南町奉行であった大岡忠相はこれまで、歌舞伎興行にもあれこれ注文をつけてきた。

三階建ての小屋は禁止せよ。

桟敷も禁止。

興行は日没まで。

こんな調子だから、大岡忠相は歌舞伎界の〈天敵〉とみなされ、楽屋ではその名を口にするのさえはばかられていたが、大御所がしばらく前、お局館でその当人と顔を合わせてから、

――へえ、あんがい話のわかるお方なんでやすね。

とやや態度が軟化し、俊平とも昵懇《じっこん》の大岡忠相の株をあげていった。

「仕事にのめり込みすぎて、ちと辛く当たりすぎた」

と、言ったというのである。

「で、大岡様がなんでまた」

「あのお方は今、南町奉行を辞して寺社奉行となられたが、前職と比べれば随分と暇のようで、上様に宝探しを命ぜられたというわけだ」

「はは、上様も、だいぶヤキがまわりましたな」

宮崎翁が、寸評を加えて苦笑いした。

「しかし、なんとも妙なお話でございますな。寺社奉行が財宝探しで」

　大御所も、納得できないらしい。

「そもそも町奉行とはいえ、大岡殿は上様の懐刀といったお人だからな。上様が気になることは、どんどんお尋ねになるし、あれこれ気楽にお命じになる。幕府の懐事情はだいぶ苦しいらしくてね。ご金蔵の金を増やす策なれば、上様はどんなことでもやってみるおつもりなのだ」

「へえ、それにしても、面白いねえ。こういった話には、おれはわくわく胸を躍らせるたちでねえ」

　大御所が起き上がって大胡座《おおあぐら》をかき、煙草に火を点けはじめた。

「それにしても、難しうございますよ。来る山師、来る山師、結局何も掘り当てずに去っていきやす。地元じゃ、そうした連中は見飽きたんで、もう財宝探しに血道をあげる連中は遠巻きにしておりました」

「されば、私も町の衆にはだいぶ馬鹿にされそうだな」

「まあ、仕方ありません。ただ、あるとすりゃァ、あっしは金光寺《きんこうじ》の周辺だとにらんでおりますよ」

　新助が、にやりと笑って言った。

「金光寺か――」

「へい、町外れの古寺金光寺で」

「なぜ、そう思う」

「地元の人間しか知りませんが、あの寺には妙な歌が三つも残っておりやす。宝の在《あ》り処《か》を伝えるためってことだけは、どうやらはっきりしているんで」

新助が、自信たっぷりに言った。

「どんな歌だ」

「いやあ、それは言えません。ただ、芝居で成功しなかったら、のんびり宝探しでもして余生を送ろうと思っておりましたからね」

「こ奴、私をからかっておるな」

「こいつは、どうも――」

新助は破顔して頭を掻いた。憎めぬ男である。

「いや、それでも大いに参考になったよ。大御所、明日は早いんで、早々に屋敷に帰って寝るとする」

そう言ってみなに挨拶して部屋を出ようとすくと、

「おっと、先生。大事なものをお忘れになるところだった。すぐに、三百両を風呂敷にでも包ませまさあ」

「いや、ありがたいが、三百両となるとちと重すぎるよ」

「じゃあ、玉十郎《たまじゅうろう》にお屋敷に届けさせまさァ。宝探し、期待しておりますよ」

「すまぬな」

俊平は、またうっすらと涙を浮かべて、そのまま大御所に背を向けた。

（これはいかん、大御所の情にほだされた……）

惣右衛門に気取らせぬよう、上を向いて歩きだすと、

「まったく、大御所はいいお方でございますねえ」

惣右衛門も、声がくぐもっている。

四

「いったい、あの騒ぎはどういうことなのだ」

青ざめた顔で駆け寄ってきた小姓頭の森脇慎吾に、俊平は顎をしゃくって荒く問いかけた。

柳生道場の門弟が十余名、ひどく憤慨《ふんがい》し、すごい剣幕《けんまく》で喧嘩支度《けんかじたく》を始めているとい

う。

大和柳生からきた高弟三人を、藩邸お長屋で討ち取ると叫んでいるのであった。

これら門弟は、柳生藩士ではなく外部から通ってくる者らで、旗本のほか、他家の藩士や、腕におぼえのある町人まで含まれている。

話を聞けば、大和柳生の三人は、稽古をつけてやると道場に顔を出すや、居丈高《いたけだか》な口ぶりで門弟に立ち合い稽古を求めたという。それが、とんでもない稽古で、

「新垣甚九郎《にいがきじんくろう》は、おらなかったのか」

「あいにく」

甚九郎は師範代《しはんだい》で、ちょうどその時は場を外しており、三人は同じ柳生藩士ゆえことわるわけにもいかず、腕達者な者数名が立ち合ったという。

「して、そ奴らの腕は――」

俊平が、顔を歪めて慎吾を問いかえすと、慎吾は悔しそうに唇を嚙み、顔を伏せた。

さらに問いかえせば、じつのところまるで歯が立たなかったという。

「ことごとく、敗れましてございます」

慎吾は、悔し涙に言葉を詰まらせている。

「新垣は、結局立ち合ったのか」

「はい。もどってまいり」

「立ち合ったのだな」

「はい。しかし、残念ながら腕のちがいは明らかで、終始押され気味で、軽々と一本取られてしまいました」

「ほう」

俊平は、苦笑いして慎吾を見かえした。

「碁《ご》にして、三、四目はちがいましょう」

「そうか……」

俊平は話を聞き、それだけ言って頷いた。

「いたしかたない。江戸柳生はたしかに弱い。私の指導が悪いのかもしれぬな」

「いえ。殿は立派に師範をおつとめでございます。江戸柳生の弱さは数代のうちに徐々にそうなっておりましたもので」

慎吾が悪びれずに言う。

「しかし、殿がご藩主の座を継いでからは、門弟の腕は目に見えて上がってきております。とはいえ、ご本家大和柳生の方々との差は、まだまだ大きいようにございまする……」

惣右衛門もそう言って、重い吐息とともに門前の男たちを見かえした。

「それよりも、殿ッ――」

慎吾が、荒く吐息して俊平を促した。

門弟たちを早く止めねば、三人に斬り込んでいくというのである。

「当家の藩士は、国許からきた者も多いため、さすがに自重しておりますが、通いの門弟はもはや抑えられません。ことに旗本の子弟は血気盛んで名誉を傷つけられたと勢い込んでおります」

慎吾が、悲痛な面もちで言った。

「それで、三人は」

「あの三人は、部屋で酒を飲んでおるはず。毎夜のことでございます。門弟は、酔ったところを討ち取ろうと思っておるようです」

「いかん。慎吾、来い」

俊平は、黒羽二重《くろはぶたえ》の着流しのまま、柄《つか》がしらをつかみ、慎吾とならんで海鼠壁《なまこかべ》沿いに門弟のもとに向かった。

玄関に出迎えにでてきた伊茶も、惣右衛門と一緒に慌てて後を付いてくる。

道場の玄関で、血気さかんな門弟たちが集まり、口々に怒気を吐いているところであった。

思い思いの大刀、手槍《てやり》、はては弓まで用意する者もある。

「おぬしら、ここに集まり、何をしておる」

門弟の一人椋木平八郎《むくぎへいはちろう》に問いかけた。

「あ、これはご師範！」

椋木は、はっとして身を硬くした。

「我らに浴びせかけられたあの者らの罵詈雑言《ばりぞうごん》、けっして許すわけにはいかず……」

「どう申していたのだ」

「それが……、代々名誉ある将軍家指南役をつとめてきた柳生新陰流の名が廃《すた》る。流名にも傷つけるだけだ。早々に道場を去れなどと」

「雛飾りのような道場主の指導を受けておるから、いつまでたっても上達せぬのだなどとも。もはや許すことはできません」

「ご師範、ここはどうか、お目をおつむりくだされ」

「この屈辱は、耐えがたきこと。死しても一矢報《いっしむく》いる所存」

集まった男たちが、口々に俊平に訴えかける。

「試合の勝ち負けは力の差ゆえ、仕方のなきこと。されど、勝ち誇り、思うさま浴びせかける罵声は、とても同門の者に対する言葉とは思えぬ」

俊平も、門弟らの意を汲んで応じた。

「我らへの悪口ならまだしも、ご師範に対しての雑言だけは——」

「して、あの者らの部屋は」

俊平は、極力冷静さを保って訊ねた。

「このお長屋の東の端にございます」

「私が、そなたらに代わって叱るといたそう。おまえたちは、けっして血気にはやるな。武士の私闘は、まかりまちがえば御家断絶、場合によっては、腹を切ることにもなりかねぬ。心せよ」

「かまいませぬ。武士は、死しても誇りを守るべしと存ずる。汚名を雪《すす》ぐためには、命など惜しみはいたしませぬ」

門弟の一人堀田典行《ほったのりゆき》が言う。これは高禄の旗本の子弟で鼻息が荒い。

「よいか、ここは私が収める。ついて来るなよ」

俊平は道場門前を後にすると、慎吾に先導させ、三人の高弟の逗留するお長屋の奥まった一部屋を訪ねた。すでに門弟らの騒ぎが聞こえていたのだろう、三人が刀を引き寄せ、堅い表情で俊平を出迎えた。

「これは、ご藩主」

「そなたらに、話があってまいった」

「なんであろうな」

門弟の兄貴分格の高梨源吾が、敵意を含んだ鋭い眼差しで俊平を見かえした。

「他でもない。私の留守中の立ち合い稽古のことだ」

「それが、どうしたと申される。互いに門弟同士の立ち合い稽古。なにか問題がござろうか」

高梨源吾が、挑むように言う。

「それはよい。だが、その折、門弟をひどく罵倒したという。同門なれば、たがいに切磋琢磨《せっさたくま》し、励まし合って稽古するべきもの、口汚く罵り、敵意、いや殺気さえ覚えたと、みなが申しておる」

「はて、それはひとえに激しい稽古ゆえ。それを敵意と取るのは、その者らの未熟。我ら大和柳生の道場では、あの程度の荒稽古はいつものことでござる」

「そなたらは、大樫段兵衛を知っておろうか。ただいま大和柳生に逗留しておる者からの便りでは、国表の道場はなごやかで、みなが励まし合い稽古をしておると伝えてきておる」

「はて、我らはなごやかに稽古をしたつもり。我らには覚えがござらぬ。どなたがそのようにご藩主に伝えられたのでござる」

「そなたらと、稽古試合をした者がみなだ。あの者らには、じゅうぶん屈辱であったのであろう」

「これはしたり。何をお怒りかさっぱりわからぬ。身に覚えのないこと。それは、国表の道場との力の差があまりに大きいゆえ、屈辱感を嚙みしめておられるのでは。のう」

高梨源吾が、同僚の一人に同意を求める。

「刀の差か。ずいぶん自信があるようだな」

俊平が皮肉っぽく高梨に応じた。

「それは、この腕で確かめたこと。ならば、殿が、みずから我らの腕をお確かめになられてはいかが。いつでもお相手いたす」

皮肉な笑いを込めて、高梨が言った。

「ほうれ。そのように喧嘩腰で申す。そのような口ぶりで立ち合い稽古をしたところで、得るものはなかろう」

「よもや、お逃げになるつもりではなかろうな」

同僚の一人が脇から高梨に口添えをした。

「こ奴。なにを言う」

「おまえら、ご藩主に無礼であろう」

俊平の背後で、追ってきた門弟が声を震わせ、詰め寄ってきた。

「よい。されば、誰でもよい。おぬしら三人のうち、誰か一人と立ち合い稽古をしよう。誰にいたすかな」

「されば、私がお願いいたす」

歳嵩《としかさ》の体軀もがっしりした高梨源吾が、一歩前に踏み出した。

「よかろう、まいれ」

俊平がくるりと背を向け、道場に向かうと、すぐ後ろを高梨が追ってくる。

さらに残りの二人の大和柳生の高弟と、江戸柳生の門弟がぞろぞろと後に付いてきた。

「私は忙しい。着替えはせぬぞ」

道場で俊平は中央に立つと、すぐ後ろに付いてきた慎吾に向かって言った。

「されば、それがしも、このままで」

大和柳生の門弟高梨源吾も言う。

といっても高梨は、さっきまで道場で稽古していたので稽古着のままである。

高梨が、袋竹刀《ふくろしない》を仲間から受けとる。

両者、道場中央で三間を隔てて立った。

門弟が、それぞれ壁際に座し、固唾《かたず》を呑んで中央の両者を見守る。

審判は、師範代の新垣甚九郎である。

かたちばかりに軽く会釈《えしゃく》をして、高梨と俊平が後方に跳んだ。

すでに遠来の剣客三人の圧倒的な強さを目の当《ま》たりにしているためか、門弟らの表情は固く不安の色が濃く浮かんでいた。

柳生新陰流は、奥義《おうぎ》の太刀まで、技量に応じて修める技が決まっており、腕前の差は門弟にも目に見えている。

この三人は、すでに奥義の太刀まで修得しているうえ、さらに思い思いに得意技を工夫して独自の剣を築いていることが門弟たちにもあきらかであった。

むろん、俊平の腕を信じぬわけではないのだが、俊平は他家、それも将軍家一門の久松松平家からの養嗣子だけに、大和柳生の高弟にどれほどその技量が通用するものかはさだかでない。

その門弟らの視線が集まる先、俊平と高梨はまだ動かない。

〈後の先〉を旨とする柳生新陰流の修得者だけに、両者まずは相手を見さだめようとしているのであった。

俊平は腕を落とすと、足裏と床が離れ、爪先と踵《かかと》だけで立った。

受け身ながら、いつでも素早く飛び出せる柳生新陰流独自の体勢である。

むろん、相手もこの構えは熟知するものだけに、容易には踏み込んでいかない。

「どうした、高梨、ゆけッ！」

国表からの仲間二人が苛立たしげに声をかける。

だが、高梨は動かない。

(やるの……)

にやりと見かえし、俊平は、高梨の不動の態勢を見て、誘うように道場を廻りはじめた。

その俊平の動きに呼応し、高梨も同じ方向、同じ歩度で廻りはじめる。

俊平はさらに、高梨の踏み込みを誘うかのように、竹刀を下段に移した。

相手は、まだ軽く袋竹刀を中段にとっている。

「いけ、高梨。たかが殿様剣法だ！」

「恐るるに足らず！」

二人の仲間が、さらに高梨をけしかける。

だが高梨の表情には、わずかに焦りの色が浮かんでいた。

実際に俊平と対峙《たいじ》する高梨には、その力量がすでにわかっている。

容易には踏み込んでいけない一分もの隙の無さに、高梨はじわじわと自分が圧倒されているのを感じていた。

俊平が、その余裕の無さをみて、またうかがうように高梨をのぞいて道場を廻りはじめる。

高梨が、その後を追うと、俊平はあえてわずかな隙をつくった。

だらりと、竹刀を下段へ移す。

高梨が、いきなり竹刀を上段に撥《は》ね上げ、道場の床板を蹴って俊平に迫った。

と、次の瞬間、俊平がさわやかな風のように前に出た。

両者の間合いが、いきなり三間にまで狭まり、すぐに重なり合った。

「あっ――」

門弟の間から、小さな叫びがあがった。

前に踏み込んだ俊平が、すぐさまひらりと体《たい》を入れ替え、撃ち込んだ高梨の竹刀が空を切ったのを見て、俊平がさらに翻って高梨に袈裟《けさ》に撃ちかけたのであった。

高梨は、そこでかろうじて踏みとどまった。

がっしりと、俊平の竹刀を受けとめている。

俊平はさらに踏み込み、鍔迫《つばぜ》り合いへと移った。

俊平が、のしかかるようにしてふわりと突き放す。

高梨が荒い吐息を漏らし、がくりと竹刀を下段に落とした。

「どうした――？」

「今日は、これまでといたしませぬか」

高梨が言った。

すでに負けたと悟って頭を下げている。

「どうしたな」

「残念ながら、力量は互角と見ました。それに、道場では師範は門弟をお味方につけておられます」

高梨が、負け惜しみと分かっていても声を高めて言った。

「はは、そうかもしれぬな」

俊平は、小さくうなずいた。

「ならば、次の機会にしよう」

駆け寄ってきた慎吾に袋竹刀を預け、高梨に背を向けて上座の神棚の方角に歩きだした。

門弟が、あらためて俊平の強さに言葉もなく感じ入っている。

第四章　貸《か》し剝《は》がし

一

「ご報告が遅くなりまして、申しわけございませぬ」

内庭に、遠耳の玄蔵のかすれた声がある。

廊下に面した明かり障子をからりと開けてみると、初夏の陽差しの下、片膝を立てて控える遠耳の玄蔵とさなえの姿があった。

「なんだ、そのようなところで。遠慮なく上がってまいれ」

俊平はそう言って二人を部屋に招き入れ、

「昼餉《ひるげ》はまだであろう」

とやさしく訊ねると、玄蔵は黙っている。

遠慮がちなのはいつものことで、俊平は二人のためにすぐに慎吾に昼餉の用意を命じた。

「今日も朝から陽差しは強い」

白扇をパラリと開いてゆっくりと使いながら、

「今日は――？」

玄蔵のちょっと自信のありそうな顔を見てとって、俊平が期待を込めて訊ねた。

「じつは――」

と、玄蔵が前置きして語ったところでは、このところ玄蔵は勘定奉行の神尾春央の後をずっと追ってきたという。

神尾は〈柊屋〉での俊平の忠告も聞かず、別のところで懲りずに裏金づくりの講座をつづけているらしい。

だが、その現場を抑えることは、

――先方が一枚上手《うわて》で、
玄蔵は、とてもできないらしい。

「それは、いったいどうしてだ――」

俊平が神妙な顔をして訊ねた。

「いえね。神尾め、いつも柳橋《やなぎばし》の船宿で屋根船《やねぶね》を借り受けておりやしてね。大川《おおかわ》を下ってまいります」

「大川で裏金づくりの指南の会でも開いているというのか」

さすがに俊平も驚いて、玄蔵を見かえした。

「へい。さすがにあっしも、その後をつけるまではできませんので、悔しさを殺して追うのをやめておりましたが、奴はどうやら沖に出てから待ち受けていた別の大きな屋形船《やかたぶね》に移り、そこでいつもの調子で飲み食いしながら、いい調子で裏金づくりの手法を披露《ひろう》しているようでございます」

「だが、そのこと、どうしてわかった」

「うちのお庭番の者が、私を助けるつもりでうきうきしていた膳奉行の後をつけていったところ、みんなで寄ってたかって屋形船に乗り込んでいったそうでございます。口の軽い奴で裏金づくりの指南だったとしゃべっちまったそうで」

「ほう。奴め、考えたな。沖合に出ては、さすがに玄蔵の耳でも密談の内容は聞こえぬからの」

俊平は、知恵者神尾春央の巧妙な手口にすっかり感心してしまった。

「まったく、悪知恵で」

玄蔵は、悔しそうに膝をたたいた。

「で、上様には、そのあたりのことを報告したのか」

「柳生様がいちどは見逃してやろうかなどとおっしゃるんで、私もそうしようと思っておりましたが、ああしゃあしゃあとやられたのでは、腹の虫もおさまらず、ご報告申しあげました」

「して、上様は――」

まず二人のために茶を淹れてきた慎吾をちらりと見かえしてから、俊平は膝を立てた。

「上様は、神尾の租税徴収の腕に頼っておられるようで」

「ふむ」

「なかなか罪に問うところまでにはなりません」

「やはり駄目か」

「腹を切らせるにはもったいない、などと仰せられました。いま少し、様子をみるよりあるまいと」

「神尾め、上様のお気持ちをとうに読んでおるな」

俊平は、あきれかえって宙を睨んだ。

「さようで。上様を舐《な》めてしまっておるようでございます」

「まことに食えぬ奴よな。だが、是非もない。私がじきじきに船宿に出向き、屋根船に乗り込むところを抑えるとしよう。こたびは許さぬ」

「わかりました。御前がそのお覚悟なら、あっしもその覚悟で当たります」

その日は、茶だけ咽の奥に流し込むと、玄蔵は昼餉もほどほどに、さなえの尻をたたくようにして足早に帰っていった。


その三日後に動きがあり、さなえが玄蔵からの伝言を携《たずさ》えてふたたび柳生藩邸を訪れた。

神尾春央がいまちょっと外出したところで、柳橋の船宿〈喜仙《きせん》〉に向かっているらしい。

いつものように船宿〈喜仙〉で一刻ばかり鴻池平右衛門と酒を飲んでから、何処かの役職の奉行の連絡を待って、船宿の裏手の船着き場から屋根船に乗り込んでいくという手筈のようだと告げてきた。

「そうか」

俊平はさなえの労をねぎらって帰すと、惣右衛門を伴い、ひとまず柳橋の船宿〈喜仙〉へと向かった。

二階にあがって、熱燗《あつかん》で体を暖めていると、しばらくして玄蔵がやってきて、

「お待たせいたしやした」

と、小袖の裾をかい込み、二人の前にどかりと座り込んだ。

「小普請組の連中が喜仙に入っていきました」

「よし」

俊平は、急ぎ階段を下り、宿の裏手に廻った。

船着き場では、宿から漏れる提灯の灯りだけが、川面に映えてゆらゆらと揺れている。

と、暗い桟橋《さんばし》に、人影が六つ、点々と現れて薄闇に蠢《うごめ》いた。

鳥追い笠の女二人を、深編笠《ふかあみがさ》の浪人者が揃って護《まも》り、屋根船に向かっていくところであった。

「おい、おまえたち」

俊平が声をかけた。

六人はわずかに身を固くしたが、知らぬふりでそのままスタスタと先をゆく。

「おい、待て、その女」

俊平が、追いかけるようにして数歩前に出ると、また声をかけた。

鳥追い笠の女二人はしかたなくいちど振りかえり、また先を行く。

浪人者らが、二人の女を背後に庇《かば》ってずらりと並び立ちはだかった。

「殿――」

惣右衛門が、腰間に沈めた佩刀《はいとう》を、わずかに引き出し身構えた。

玄蔵が、横跳びに飛んできて、懐に手を入れる。

一文字手裏剣《いちもんじしゆりけん》を探っているらしい。

「うぬらには、かかわりない。どけ。その女二人に用がある」

俊平が吠えるように言う。

「行かせぬ！」

「斬ってすてろ！」

口々に言い放ち、浪人者がバラバラと俊平と惣右衛門を囲んだ。

玄蔵は、すでに闇のなかに身を沈ませている。

「うまい具合に、女に化けたか。だが、その大きな足と歩幅で男とわかる。勘定奉行神尾春央、もう一人はおおかたその用人であろう」

「この奴。よほど酔うておるな。どこの馬の骨か知らぬが、船宿の女客にからんで、い

て、前に出た。
闇に半ば沈んでさだかには顔は見えないが、上背のある浪人が、刀の鐺《こじり》を押し上げ
ったいどうする」
と、後方から新たに浪人者が数人、俊平と惣右衛門の背後を固める。
「みな、この不逞《ふてい》の酔客に、大川の水で顔を洗わせてやれ」
前方の浪人者が言い放ったが早いか、抜き払った刀を真っ向う上段に撥ね上げて前
に出た。
それに合わせるようにして、ほぼ一斉に浪人者が思い思いに刀を鞘走らせ、にじり
寄ってくる。
前方の背の高い男が、刀を高く撥ねあげ、気合もなく一刀両断に撃ちかかってきた。
それを、素早く斜め前に移って、体を入れ替え、刀を抜き払いざま、空を切って相手
の刀身をたたく。
夜陰に、まばゆく火花が散った。
その間に、二人の女が大股で駆け、待ち受ける屋根船に乗り移っていく。
「懲りぬか。神尾春央。上様の次の沙汰は、切腹と知れ！」
叫ぶ俊平の背後に踏み込んできた別の浪人者三人が、腰をずいと推進させ、刀を一

気に撥ねあげてから撃ちかかる。

俊平はすばやく前に出て振りかえると逆襲に転じ、刀をひらひらと泳がせて、男たちの間を縫い、胴を抜き、袈裟にたたき、逆袈裟に斬りあげた。

いずれも峰打ちである。

つづけざまに、浪人の骨が鳴る。

うずくまる三人は、俊平と惣右衛門が蹴りつけると、頭から川に落ちていった。

残った四人の浪人者が、二人の女たちを追って屋根船に駆け込んでいく。

屋根船の船頭が、慌てて棹《さお》を操り、沖に向かう。

「ええい、待てい！」

惣右衛門が一人、桟橋の途中までそれを追っていったが、船足は思いのほか速い。

船影はみるみる沖へと離れていった。

川に落ちた浪人者が一人だけ、かろうじて屋根船に泳ぎ着き、それを仲間が拾い上げているのがみえる。

「不憫なことをした。二人ほど、溺《おぼ》れ死んだようだな」

俊平が、片手を立てて冥福《めいふく》を祈った。

「いたしかたありませぬ。御前に斬りかかったのでございますから」

惣右衛門が、俊平に駆け寄ってきて主の横顔をのぞいて言った。

「女の一人は、神尾春央と見てまずまちがいあるまい」

「あの逃げ足の速さは、男。まずまちがいございますまい」

沖に向かう船の灯りを見つめて惣右衛門が、言った。

「それにしても、神尾春央、まことに、太々《ふてぶて》しい男でございまする」

惣右衛門がそう言って刀を鞘に納めた。

「だが、あの自信が身を滅ぼそうよ」

「それにしても、あの浪人者はどこで雇い入れたか」

惣右衛門が言った。

「あれは、すべて一刀流《いっとうりゅう》の太刀筋。おそらく同門の道場の徒と思いまする」

「ふむ、腕はたしかに見るべきものがあった。それにしても道場の門弟を、丸ごと雇い入れたのであろうか、太い奴だ。よほどの財力の持ち主とみえる。やはり鴻池か」

俊平は、苦笑いして顎を撫でた。

夜風が肌寒い。

玄蔵が、暗闇から飛び出してきた。

「無事であったか」

「お役に立てずに、あい済みません」

「なに、あの者らは一刀流の高弟。怪我がなかっただけ見っけものだ」

俊平は、波間に消えていく屋根船の灯りをじっと見つめ、夜風にぶるんとひとつ身を震わせると、

「今宵は屋敷で酒だ」

惣右衛門と玄蔵を振りかえり、声をかけた。

二

「おなかが空いていらっしゃるでしょう」

それから三日ほど経って、一人ひょっこり訪ねてきたお庭番の紅一点さなえに、伊茶がやさしく声をかけた。

内庭に控え、声をかけたのだが、あいにく俊平はおらず、伊茶が見つけたのであった。

さなえは、お庭番十七家の中川弥五郎左衛門《なかがわやごろうざえもん》配下の出である。

「いえ、伊茶さま、お気遣いなく」

なにやら、急ぎ報告することがあるらしく、さなえはうっすら陽に焼けた小顔に汗をかいている。

もどってきた俊平は軽い朝稽古の後で早めの昼餉を摂《と》るところであったが、かまわずさなえを部屋に招き入れ、

「一緒に茶漬けなどどうだな」

と、誘いかけた。

「しかし……」

さなえは、さすがに藩主との食事は気まずく遠慮をした。

「なに、かまわぬ。さなえと食べれば、私の気も若がえるのだが」

「まあ」

隣で、伊茶が嫉妬したふりをする。

「されば、遠慮はいたしません」

さなえが意外な返事をした。

「慎吾どの、よろしくお願いします」

伊茶が落ちついた口調で、茶漬けの用意を命じた。

「じつは……」

さなえは行儀よく茶漬けを食べた後、俊平に向き直ると真剣な表情になって語りはじめた。

話を聞けば、あれ以来大川端の〈喜仙〉に神尾春央は姿を現さなくなっているという。

「それは上々。だが、まだ油断はならぬな。ただ、場所を変えただけかもしれぬ」

「はい、玄蔵さまもそう申しておりました」

「それで、玄蔵殿は――」

横に座った惣右衛門が、さなえに訊ねた。

「今は、神尾春央の役宅の方に張り付いております。はっきりしたことがわかるまで、もうしばらくお待ちくださいとのことでございます」

さなえは大事を伝えたとみて、ふと気を楽にした。

「ご苦労であった。そなたはまだ若いが、まことにようはたらいてくれる」

ようやく茶漬けを終えた俊平も、好物の草餅《くさもち》に手を伸ばすさなえを、目を細めて見かえすのであった。

と、玄関の方角で声がある。

「どなたであろうな」

そう俊平が耳をそばだてていると、

「南町奉行所の笠原弥九郎《かさはらやくろう》様でございます」

と、大きな声が轟く。

ややあって若党が来客を案内して来た。

「おお、ベコ殿が来たか」

俊平は、嬉しそうに笑いを嚙み殺した。

ベコとは、むろんのことこの男笠原弥九郎のあだ名で、南町奉行所同心である。

顔に似合わずなかなかの遣り手の同心らしいが、牛の玩具《がんぐ》ベコにどこか似ていて、歩くたびに首が前後に揺れる。

拍子《ひょうし》を取るようにして足を踏み出すところなどは、当人は気づいていないが、かなり滑稽《こっけい》なのである。

どこか子供心を残す伊茶が、それを見るたびにうつむいてくすくすと笑う。

「これ」

俊平が眉を歪めて伊茶を諭《さと》すが、俊平も半ば笑っている。

「久しいの、笠原殿。まあ、入られよ」

ベコ殿を部屋に招き入れると、心得たもので、慎吾がすぐに立ち上がり、茶の支度をしに立ち去っていった。

笠原は、茶菓子も遠慮することなく美味《うま》そうに食う。同心の役得なのであろう、外廻りの商家で、たびたび茶の接待を受け、気軽に菓子を食うのが習慣になっているらしい。

「それがし、こたび南町奉行所から寺社方に配属変えとあいなりましてございます。ご挨拶にまいりました」

ベコの笠原が、あらたまった口調で、俊平に口上《こうじょう》を述べた。

「なに、寺社方に。それはいったいなにゆえだ」

俊平が、伊茶と顔を見あわせ、問いかえした。

どうやら、大岡は笠原を俊平との間の繋ぎ役としてつづけさせたいらしい。

「なにも、そこまでのことをせずともの」

俊平はいまひとつ大岡忠相の本意がわからず、笠原弥九郎を見かえすと、

「いえ。大岡様は、閑職の寺社奉行なればこそ、上様直々のご下命が増えると申され、柳生様に頼るところも多くあるゆえ、南町奉行松波正春《まつなみまさはる》様に、ぜひにもそれがしを譲ってほしいと申されたそうにございます」

「上様の右腕ともいえる大岡殿の頼みとあらば、期待に応えて南町奉行の松波殿も譲

らざるをえまい。だが、おぬしはそれでよいのか」

「じつはそれがしも、寺社方の方が性に合っておるようにございます。捕《と》り縄《なわ》を持って町の悪党を追うのは、いささか乱暴すぎまして」

笠原弥九郎は、飄々《ひょうひょう》とした口ぶりで言った。

「笠原殿なら、さようでござろうな」

惣右衛門が、面白そうに口をはさんだ。

「いやいや、これでこの御仁はそう言いながら、無外流《むがいりゅう》の達人と聞く。人は見かけによらぬものだ」

俊平が冗談半分に言えば、

「あ、それは存じませなんだな」

惣右衛門が、大袈裟に頭を掻いてみせた。

笠原が剣術があまり得意ではないのは、俊平も惣右衛門も承知の上である。

「されば、これよりは、大岡殿と私の間を上手に繋いでやっておくれ」

「かしこまってございます」

笠原弥九郎は、ていねいに頭を下げた。

「ところで、今日の用向きはいったいなんだ」

「他でもございませぬ。大岡様が今抱えられておられる結城家の財宝の一件でございます」

笠原は、そう言って、やや声を潜めた。

「して大岡殿は、財宝の秘匿場所について、もう見当をつけられたのか」

俊平は前屈みになって訊ねた。

「それが、黒鍬衆《くろくわしゅう》の七人を引き連れ、下総結城の城跡に赴いてから、すでに十日あまり経過しておりますが、三度発掘調査をなされたものの、今のところは……」

笠原は、残念そうに言った。

話を聞けば、笠原は大岡忠相の求めもあって、とりあえず単身江戸にもどってきたらしい。

「そうか。あの地は、水野家の領地となっておる。山っ気の強い若い藩主ゆえか、どうも財宝を欲しがる亡者が蠢《うごめ》いておるようだ。邪魔は入っておらぬか」

「今のところ、表立ってはござりませぬが、藩の者が時折こっそり発掘場所を訪れ、こちらの様子をうかがっておるようでございます」

「やはりな。水野勝庸はなにやら妙な動きをしそうにも見えるが、どうだ」

「妙な動き、でございますか……」

笠原は怪訝そうに俊平を見かえした。

「なんのことかまだわからぬが、鴻池ら大商人と妙に懇《ねんご》ろにしておる。用心したほうがよい」

「鴻池といえば、大坂一の大商人でございますぞ」

笠原が驚いて問いかえした。

「商人というもの、金はいくらあっても、まだ足りぬようだ。二万石たらずの水野家に江戸店主の鴻池平右衛門がぴたりと張りついているところなど、まことに奇妙な絵図だ」

「あるいは水野勝庸め、財宝のありかを知っておりながら、素知らぬふりをつづけ、大岡殿の発掘が失敗した後、こっそり発掘して鴻池と分けあうつもりかもしれませぬな」

惣右衛門が、横から話に割って入った。

「そういえば、先日は水野の領地に鴻池の江戸店の者らが立ち寄ったと申しておりましたぞ。大名貸しの取り立てが、このようなところまで来るのか、と大岡様はあきれておられました」

笠原は、なにも知らぬらしく驚いている。

「いや、そうではあるまい。やはり鴻池め、水野と組んでおるのだ」

「なるほど、それは大《おお》ごと。大岡様にお伝えしておかねばなりませぬ」

笠原は表情が真顔になっている。

「うむ、鴻池が財力に飽《あ》かせて掘り起こせば、いずれ発見されぬともかぎるまい。急がねばの」

「はい。……そうだ」

笠原は手を打って、

「大岡様より書状を託されてまいりました。まずはお渡ししておきまする」

俊平に一礼し、大岡忠相からの書状を俊平に手渡した。

「これは、ご丁寧に」

俊平は、ざっと読み返してから、

「調査なされたかぎり、結城家の財宝が埋められたといわれる五ヶ所に絞っておられるようだな」

「はい、しかしながら、未だ見つからぬとのことでございます」

「五ヶ所か……」

俊平は、ふたたび箇条書きにされた場所に目を通した。

一、結城城跡
二、会之田《えのだ》城跡
三、中久喜《なかくき》城
四、結城晴朝の隠居所
五、城外の古井戸

と、馴染《なじ》みのない土地の名が連なっている。

「結城城と申しても、広うござりまする。その会之田城、ならびに中久喜城は、結城家の支城でございます。結城晴朝殿は十七代の御主君でございますが、その気性は豪気にて、十万石ほどの城主にしては、この地方の土豪を巻き込み、室町幕府に挑んで結城合戦を始めるなど、並大抵の大名とも思えませぬ」

「そのことよ。上様も、きっと結城晴朝殿が財宝を何処かに埋めたのであろうと思っておられた」

俊平も、笠原に同調してうなずいた。

「さようでございましょう。結城家の復活に際しては、なんらかの太閤への手土産《てみやげ》がなくば成り立たぬのではないかと、私も思うておりまする」

「されば、その折に財宝はすべて太閤の手に」

惣右衛門が、膝を乗り出して俊平に問いかけた。

「いや、晴朝殿もすべてを手渡すほど愚かでもあるまい。少なくとも、半分以上の物を手元に残しているはずだ」

俊平が言った。

「ふうむ」

笠原も同じ考え方らしく、うなずいて俊平を見かえした。

「されば、その財宝は、いま何処に？」

「そこだ、笠原。まずは問題を整理してみよう」

俊平はそう言って、笠原と惣右衛門の顔を覗き込んだ。

「まず問題は、晴朝がまこと徳川に財宝をくれてなるものかと、財宝を埋めてしまったかどうかだ」

「おそらく、それはそうかと……」

笠原が言う。

「いや」

惣右衛門が、横から口をはさんだ。

「その一部は、幕府に献上したのではありますまいか」

「なぜ、惣右衛門はそう思うな」

俊平が問いかえした。

「それは、上様の態度にございます。宝探しという、いささか雲を摑むような話にご執心《しゅうしん》が過ぎるように思われてなりませぬ」

「されば、その一部を当時の家康公なり、秀吉公なりが手にしておると、そちは申すのだな」

惣右衛門は、あくまで憶測を話しているだけに、押されるとすぐに力がなくなる。

「むろん、たしかな話ではございますまいが……」

「だが、それはたしかにありそうなことだ」

俊平が惣右衛門を力づけて言う。

「それゆえ、徳川家としては、まだあるのではないかと疑っているのではないか」

「上様の確信も、そのあたりから出ているものと思われまする」

ふたたび惣右衛門が力を得て言う。

「うむ、惣右衛門の申すとおりだ」

俊平はそう言って、にんまりと頰を紅潮させた。

「だが、財宝はその五ヶ所から、まだ出て来ぬのだな」

「あいにく。大岡様も最善を尽くされておられますが」

「こうした財宝については、一攫千金を狙う山師どもが蠢くもの。これまで多くの者が宝探しに生涯を捧げたであろうが、それでも見つかってはおらぬ。見つけ出すまでは、並大抵のことではなかろうが、一歩一歩近づいているようにも思える。じつはな、私も団十郎殿のところで、面白い話を聞いてきた」

俊平が中村座で小耳に挟んだ話を笠原に披露した。

「と、申されますと」

「どうやら地元の者の間では、金光寺という寺が怪しいとのこと。そのあたりのことも大岡殿にお伝えしよう」

「寺といえば、私も大岡様のご指示を受け、江戸にもどってから奉行所で結城の寺をひとつひとつ調べました」

「ほう、それはようやったな」

「結城には、いくつか名のある寺社がございました。日光東往還《にっこうひがしおうかん》の釈迦堂《しゃかどう》、愛宕神社《あたごじんじゃ》、ここは狛犬《こまいぬ》一対が有名で、猿田彦大神《さるたひこおおがみ》というものを祭っております。その他には光福寺《こうふくじ》、さらに弘経寺《ぐぎょうじ》、木町《きまち》の毘沙門堂《びしゃもんどう》、ここは門前の石灯籠《いしどうろう》と境内の石仏群が有名でございます。おっと、それにさっき御前のおっしゃった金光寺には、奇妙な歌が三つ刻まれておるそうにございますな」

「よく調べたな。そのことは中村座の若手役者も言うていた」

「さようでございますか。ひとつは『きの 苧《からむし》 かふゆうもんにさくはなもみどりのこす万代のたね』、というものでして」

「はて、ふゆうもんとは、なんであろうな。富有に通じる、みどりのこす万代のたねが財宝のようにも思える」

「となりますと、きの苧が謎を説く鍵になりますな。なにを意味するものか」

笠原が、また首を傾げた。

「正直、私にはさっぱりわかりませぬ」

慎吾が、早々にあきらめて嘆いた。

「いまひとつは――」

「はい。『こふやうにふれてからまるうつ若葉、つゆのなごりはすへの世までも』、というものでして。こふようは紅葉、若葉は、はて、いったいどのような意味でございましょうな」

「そのあたりに『すへの世までも』遺したい財宝が、隠されているとも取れまするな」

　惣右衛門が、低声で言った。

「うむ。なにやら意味ありげだな」

　俊平が、ベコの笠原を見かえした。

「じつは、この和歌は、記された書物にはなんら記載されておりません」

「ふむ？」

　さらにこのような歌も。

「あやめさく水にうつろうかきつばた　いろはかはらぬ花のかんばし」

「はて、これはさらに謎めいておる」

「金光寺は大いに臭う。こたびはぜひにもそこを訪ねてみたい」

「はい。それでは結城までの道中、それがしがご案内いたしまする」

　笠原が、得意気にうなずいて言った。

　さっきまで横で黙って話を聞いていたさなえが、

「これまでのお話、面白うございました。私はこれより所用がありますゆえ」

　と立ち上がった。

「どうした。さなえ。もそっとゆっくりしてもよかろう」

「いえ、玄蔵様もお待ちでございます」

さなえは俊平の誘いを固辞して帰っていった。

「どちらさまで」

きょとんとした顔で笠原が訊ねた。

「お庭番だ。あれでなかなかの凄腕だ」

俊平が言えば、

「人は見かけによりませぬな」

と、とぼけた口調で笠原が言った。

「とまれ、寺社方に移りましての初仕事でござる」

笠原があらためて俊平に向き直った。

「そうであったな。この結城家の財宝については、柳生家の存亡がかかっておる。そちの力添えも、期待しておるぞ」

「いやが上にも力が入ります る」

笠原をはげませば、ベコのように首を振りうなずいている。

「されば、御前、いつお発ちになられまするか」

「明日だ」

「まあ、俊平さま。まだ準備が――」

話を聞いた伊茶が狼狽した。

「なに、さしたる準備はいらぬ。一刻も早く、財宝探しの目処《めど》をつけたい」

「殿、頼もしいお言葉。柳生家一同、ご期待をしております」

惣右衛門がにこりとしてうなずいた。

「殿、お供にお加えくだされ」

慎吾が、目を輝かせて言った。

「いや、残念だが、こたびの供は惣右衛門のみだ。水野勝庸が大岡殿の動きを注視しておる。目立っては隠密裏《おんみつり》の行動ができなくなる」

「残念にございます」

慎吾が唇を嚙んで悔しがった。

「そちは、あの三人の門弟の動きを見張っておれ。道場に変事が生じればすぐに報せるのだ。それも大事だ」

「心得ております」

慎吾は思いなおして、力強く返事をした。

三

江戸には各藩とも、藩主の妻子の他に、幕府や諸藩との交際を担当とする家臣が常駐している。

いわゆる江戸家老がそれで、江戸留守居役を兼ねる場合も多く、藩の江戸での立場を代表し、表舞台に立って活躍していた。

柳生藩では、脇坂主水がこれに当たる。

江戸留守居役をかねる者で、禄高二百石。小藩ゆえ、さしたる俸給ではないが、江戸留守居役を兼ねていると身に着けるものは華美である。

その脇坂主水が、旅支度をし必要な資料に目を通しはじめた俊平の中奥御座所をひっそりと訪ねてきた。

「はて、脇坂。いささか慌ただしい。急な用向きか」

怪訝に思って俊平が訊ねれば、

「されば、簡単なご報告のみして、すぐに立ち去りまする」

遠慮がちにそう言って、部屋に入り込んだ。

書見台近くの灯りでは足りず、脇坂の持参した手燭《てしょく》の灯りも加えれば、この見慣れた江戸家臣の顔も明るい。

「じつは、吉報の他に、凶報もございまするが、殿はまずはどちらを先にいたしまするか」

知恵のまわる者で、言い出しにくいことがあるらしく、そう言ってうかがうように俊平を見た。

「面白いことを言う。なに、私は楽天家だ。世の中のこと、強く念じてつとむれば、たいがいは上手くいくと考えてきた。それなら、吉報から先に聞きたいものだ」

「さすれば、そのようにいたしまする」

脇坂は、羽二重の裾をたおって俊平の前に座り込むと、懐から書付らしき物を取り出した。

「じつは本日までに、さまざまな藩や諸氏からご厚意を受けております」

脇坂はていねいに書付を開いてみせた。

「金を貸していてくださる方々のことだな」

俊平は、あらためて脇坂の鄙《ひな》びた中年顔を見かえした。

長く大和の庄にあったため、垢抜《あかぬ》けたところはないが、江戸住まいも長く、茶屋遊びも板について、それなりの遊び人の顔をするようになってきている。

「まずは、伊茶さまご実家伊予小松《いよこまつ》藩より百両、さらに筑後三池藩より百両、また喜連川藩より五十両。それから先日は、中村座の市川団十郎様のお使いである玉十郎殿から三百両が届けられております」

脇坂は書付を開いたまま、俊平の膝元に置いた。

「なんとも有りがたいことだ。大御所はともあれ、いずれの藩も火の車。これは、なにを置いても早急にお返しせねばならぬ金だな」

「まったくもって。殿はまことによき友をお持ちでございます」

脇坂が一礼して言う。

「うむ。困った時の友こそ真の友と申す。まことにありがたいことだ」

俊平は胸中にジンとくるものがあって、咽《のど》を詰まらせ、目がしらを押さえた。

それを、脇坂もじっと見つめている。

「さて、次だ。次は、あまり聞きとうはないが、やはり聞かざるを得まい。悪い報せだ」

「私も、申しあげたくはございませぬ。ただ、目を瞑《つむ》って見ぬわけにもいきませせぬゆえ」

脇坂はそう言ってから膝を詰め、にわかに厳しい表情をつくった。

「じつは本日のこと、掛屋の〈大和屋〉から連絡が入り、残りの五百両についても早々に返してはくれぬかと」

「なに、残りの五百両も返せだと！」

俊平は、目を剝いて脇坂を見かえした。

「どういうことだ。それでは、まったく金がなくなってしまう。全部返せとは、あまりに理不尽《りふじん》ではないか」

「そういうことに、あいなりまするな」

脇坂は、申し訳なさそうに言って首をすくめた。

「だが、なぜだ。貸せぬというならまだしも、貸した金まで返せとは」

「それがしには、なんとも。理解しかねまするが、当藩には返す力がないと思われたのやもしれませぬ」

脇坂は、あくまで冷静さを装って言った。

「だが、我が藩ほどの小藩で金に詰まっておる藩ならいくらでもあろう。なにゆえ、貸した金まで返せと言う」

「さあ、それにつきましては……」

脇坂も、返答に窮しうつむくばかりである。

「ははあ、これはなにか裏があるな」

俊平はもういちど、江戸家老の顔をのぞき込んだ。

「なんでござりましょう?」

「〈大和屋〉は、我が藩などの小藩に付き合う掛屋にすぎぬ。手堅い商いはようわかるが、こたびは、やることがいかにも乱暴」

「されば、どう考えたらよろしうございます」

「つまり、〈大和屋〉を背後で操る者が見える」

「と、申されますと」

脇坂はハッと黙り込んだ。

「脇坂は思い当たるフシがあるのか」

「いえ、存じませぬ」

「鴻池だ。鴻池は、あの〈泉屋〉の宴でも、〈大和屋〉とつるんでおった。おぬしも同席しておったゆえ、承知しておるはず」

「いかにも」

「されば、鴻池はなにゆえ、我が藩に辛く当たる」

「それは、存じかねまする」

脇坂が、俊平の目を避けるようにして言葉を濁した。

「そち、気づいてはおらぬか？」

「いえ、なにも……」

「そちは、いったいあの連中とどこで知り合ったのだ」

「いえ、その……」

「〈大和屋〉を通じて、知り合いましてございます」

「やはりの」

「交流しだいでは、五百両、千両の金はいつでも融通が効くと」

「なにゆえそこまで言って、〈大和屋〉がそちに鴻池を紹介したのか、腑《ふ》に落ちぬことが多いの」

「はい」

「しかも、鴻池はいったんそちに近づいてきた」

「はい。鴻池は、はじめ当藩など歯牙《しが》にもかけぬ様子でございましたが、途中から、取り込もうと」

「そうか。だいぶ読めてきた。狙いは、結城家の遺産だの」

俊平が、ざくりと言った。

「なるほど。江戸店の鴻池平右衛門殿は、一時、しきりに結城家の財宝について、私に訊いてまいりました」

「ほう。して、そのほうは、どう答えたのだ」

「それが、あまり色よい返事は。事実、宝探しについてはほとんどなにも進展しておりませんようでしたゆえ」

「されば、いつ頃から冷たくなった。いや、敵意さえ含んだものに変わっていったのはいつからだ」

「それは、殿が〈柊屋〉にて、あの連中とひと悶着なされてからでございます」

「なるほどな。これで、あらかたは読めてきた」

「殿が、お味方になるどころか、数々の企みを上様にご報告するものと考えたのでございましょうな」

「そういうことになる」

「さすれば、思い当たることがございます」

「申してみよ」

俊平は小さくなって話をつづける脇坂を強く促した。

「勝手掛老中松平乗邑様からのお誘いもございました」

「なに、それは初耳だ。松平乗邑様といえば、上様に一目《いちもく》置かれる切れ者老中。その乗邑殿が、そちになんと申された」

「それが、神尾春央の一件についても穏便にはかれば、五百両の返済の件、いましばらく待つように仲介してもよいと」

「ふざけた話だ。見えすいているではないか。松平乗邑殿はたしかに切れ者だが、それだけに灰色の噂も絶えぬ。姿は現さぬが、あるいは神尾などは手下にて、深く乗邑と繋がっているのやもしれぬ」

「殿は、どうなされます」

　脇坂がたたみかけるように訊いた。

「どうするとは？」

「いえ、その……」

「そち、よもや圧力に屈して、こたびのお役目を、うやむやにせよと申すのではあるまいな」

「あ、いや……」

　脇坂は、言いよどんで口を閉じた。

「そのようなことはけっしてせぬ」

脇坂はやはりといった意味もこめ、複雑な表情で口をつぐんだ。

「世の中、複雑なようで単純な話かもしれぬな。金を糸口にすれば、いろいろなものがくっきり見えてくる」

「御意《ぎょい》――」

脇坂がうつむいたまま言う。

「いまひとつわからぬので正直に申せ。そちは、誰の紹介で掛屋の〈大和屋〉とつながりを得たのだ」

「それは……」

「申せ、罪とはせぬ」

俊平は、脇坂の面体《めんてい》をさぐった。

おそらく、脇坂は国表の国家老らとつながっているのであろう。だが、江戸の事情もよく知っている。その狭間《はざま》で、心が大きく揺れているのがわかる。

「国表の家老小山田武信殿でございます」

「国表の家老は、諸々の商人とだいぶ親しいのか」

「それは存じませぬが、産物を江戸や京、大坂に卸しておりますゆえ、それゆえ親しくなりましょう」

「そうであれば、根は深いぞ」

「はっ」

脇坂は、いまひとつ俊平の言った言葉の真意がわからず、真っ直ぐに俊平を見かえした。

「つまり、国表の私の追い落としと、こたびの借財がつながってきたと申しておるのだ」

「そのような……」

「そちはちがうと思うか」

俊平はじっと脇坂を見つめた。

「国表の小山田武信殿が、そこまでの汚い手を使うとも思われませぬが」

「なんの、人の世はしょせん色と欲。なにか旨味《うまみ》があって、人は動く。誰かが私を追い落とそうとしておるのやもしれぬ」

「しかし……」

脇坂はくぐもった呻き声をあげた。

廊下に人の気配がある。

「誰だな」

「わたくしでございます」

伊茶の声がある。

「なかなか眠れず、話し声が聞こえてまいりましたので、つい……」

「よいのだ。そなたも入れ」

伊茶が、しずしずと部屋に入ってくると、脇坂は一礼して席を譲った。

「脇坂殿、そのままに」

伊茶が部屋の隅に座す。

「いや、困ったことになった……」

「どのようなことでございます？」

「〈大和屋〉が、貸し剝がしにかかった。全額返せと申してきておる」

「なんと、全額剝ぎ取ろうと申すのでございますか」

「だが、返せといわれれば、どこかで工面しても返さねばならぬもの」

「そういうものなのですか」

伊茶が脇坂に訊ねた。

「契約ではそのようになっております」

「いっそ、取引を止めておしまいになられては」

「そう申してもの。それでは、さらに藩が成り立たぬ」

「まことにもって」

「して、どこまで話したかの」

俊平はあらためて脇坂を見かえした。

「つまりは、私はどちらの立場かと、お訊ねになったのでは」

脇坂がきっぱりとした口調で言った。

「そうであった。私はどうも率直過ぎるところがある」

「いえ、私もじつは迷うておりまする」

「迷う？」

「ご藩主様や伊茶さまを見ておりますれば、今、ご劣勢になられていることが手にとるようにわかり、お助けいたしたい気持ちがします。ただ、国表の焦りも、よく理解できまする。ただこたびの一件は、いささか強引にて、正義にも反しまするかと」

「うむ。裏金づくりをもみ消させ、されば金は工面するではの」

俊平は、ふたたび脇坂を見かえした。

脇坂主水は、おそらくそれほど悪い男でもないのだろう。

夜は肌冷えする日もあるというのに、じっとり汗をかいている。

「私は、江戸家老。あくまでご藩主とともにございます」

脇坂が思いきったように言う。

「そう言うてくれるか」

「なに、このような時こそ。藩はまとめねばなりませぬ」

「心強いことを言う」

俊平は、伊茶と顔を見あわせ微笑んだ。

「ここは〈大和屋〉にちょっと待っていただきましょう」

「無理では？」

「なに、借りた者は強い」

「万事休すではないのか」

俊平が伊茶を見かえして言った。

「まだ残った手立てがございます」

「もしや」

俊平がにやりと笑った。

「結城家の財宝でございます」

「いよいよ、あれに願いを託すよりなくなってしまったか」

俊平が脇坂と顔を見あわせると、

「大丈夫でございます。殿のことでございります。この難局をきっと切り抜けられましょう」

脇坂主水が、期待をこめると、伊茶もしっかりうなずくのであった。

第五章　眠る財宝

一

隠密裏の旅立ちゆえ、用人の惣右衛門一人を供に連れ、翌朝馬で江戸を立った俊平は、寺社同心笠原弥九郎の先導で、日光道中《にっこうどうちゅう》を北上し、やがて結城往還に入って出立から三日の後に無事結城城下に入った。

明るい道中は、さえぎるものもない平坦な風景がつづき、道々の地蔵や稲荷《いなり》の社《やしろ》にしばし心を慰められる。

大岡忠相一行は、結城の城下町で俊平ら一行を待ち受けていた。

「よう来られたな、柳生殿。待ちかねておりましたぞ」

忠相は、俊平の到来に相好《そうごう》を崩して大喜び、酒膳を用意させてこれまでの財宝探しの経緯を苦笑いして語ってきかせた。

財宝探しは、土木工事の専門家である幕府組織黒鍬者から七名、寺社方同心二名を加えて十名の陣容である。

聞けば、あまり前進していないようである。

五ヶ所に絞って探索しているというが、今のところ黄金の一片も出土しておらず、ほとほと困り果てているらしい。

俊平が中村座で聞き込んだ金光寺周辺については、忠相もすでに耳にしており、和歌については俊平の知恵も借りて、ぜひ解明していきたいと期待を見せているが、よくよく話し合ってみれば、雲を摑むような話なのである。

歌はあまりに漠としている。

「道中いろいろ考えてみたが、どう読み解いていけばよいものか、あまりに手がかりがすくなすぎる」

俊平がそう言ってぼやけば、忠相らも、

――そうでござろう、いっこうに。

と応じる。

そこで、明日にでも、寺の住職に話を聞いてみたい、と忠相が俊平に言った。

だが、土地の者は、他所者《よそもの》に冷たく余り話をしたがらないと言う。

翌日、結城家代々の藩主の眠る称名寺《しょうみょうじ》と旧結城城跡を同心二人が案内してくれ、その後、金光寺に忠相と共にゆき、住職の快翁和尚《かいおうおしょう》を訪ねたいという。

城は、すでに水野家が別のところに建て替えており、結城朝光の建てた旧城は跡形もなく、周りは草木の生い茂る殺風景な地となっている。

「結城朝光は、源頼朝のご落胤《らくいん》であったとの記録もござりますな。そうでなければ、せっかく奪った財宝をくれてやるわけがない」

案内についたのんびり顔の寺社方同心の渡辺《わたなべ》が、土地で聞き込んだ話を俊平に披露した。

それゆえ、莫大な財宝の大半を恩賞として朝光に与えたのは、どう考えても不自然ではある。

「私は確信するに至りました。結城朝光は源頼朝のご落胤、それゆえ、鎌倉、室町を通じて、この町は大変な賑わいをみせたそうにござる。世に言う百万石の城下町と呼ばれております」

渡辺が滔々《とうとう》と語る。俊平ももっとも思われた。

「なるほど、結城紬のあの複雑で贅沢な布地が生まれたのも、この地が裕福であったからでしょうな」

俊平も納得して、雑草に覆われた広大な城跡をあらためて眺めた。

そういえば、結城往還では、大きな蔵を有する商家や、広大な寺社が多数見うけられたものである。

一行は、結城朝光の墓所のある称名寺で昼食をとり、大岡忠相も加わって山門に不可解な和歌が刻まれているという金光寺へと向かう。

出迎えた住職の快翁は、腹の出た布袋《ほてい》のような風格の恰幅のいい男で、その笑顔がいかにも艶福家といった風情である。

その住職の案内で山門をくぐる。

なるほど、山門の額近くに三首の和歌が彫り込まれている。

他に文字らしきものや、蛇《へび》のようにくねった文字のようなものも本堂に刻まれていた。

住職に礼を言って寺を離れると、
俊平と忠相は、

——あまり手がかりにならぬな。

と意見を一致させた。

と、門前に人影がある。

粗末な綿服、編笠《あみがさ》を目深《まぶか》に被り、こちらの動きを慎重に探っているようであった。

「あれは、水野家の者であろうか」

「おそらく」

忠相が、俊平に応じた。

だが、それにしては身なりが粗末である。

「あの者ら、じつは我らがこの地に逗留して以来、ずっと付けまわしておる」

忠相は、苦々しげに人影をうかがって言った。

「水野めのやりそうなこと」

俊平も一笑して、編笠の男たちを振りかえった。

「水野家にしてみれば、己の領地を徘徊《はいかい》されるのは嬉しいものではなかろう。だが、吉宗公の求めにいったん応じたのだから、往生際《おうじょうぎわ》が悪い」

忠相が思ったままを言った。

「それにしても、この寺もいまひとつ手がかりにはなりませぬな」

俊平が、大岡を見かえし唇を歪めた。

「和歌三首は、たしかに何かを暗示しているかに思われるが、歌の意味を正確に読み解かねば、たとえ金光寺辺りに財宝が眠っていたとしても、いったいどこを掘ってよいのかがさっぱりわからぬ」

俊平も、焦るばかりである。

「このような手がかりのない日々を、あたら過ごしてまいりました」

さきほどの城跡を案内してくれた同心が、忠相と顔を見あわせ愚痴《ぐち》った。

「さらに、ご老中松平乗邑様からは、まだか、まだか、のやいのやいのの催促」

忠相はそう言って汗を拭った。

「松平乗邑様が――」

俊平が、苦虫を嚙みつぶしたように聞きかえした。

「あのお方は、勘定奉行の神尾春央や鴻池ともつながっておられるよし」

俊平がそう言うと、

「なんと申される！」

忠相は、啞然《あぜん》として俊平を見かえした。

「神尾殿は、夜毎屋形船を浮かべ、大川で裏金づくりの指南の会を開いております。こたびもそれを問い詰めれば、あのご老中はいいかげんにやめておけと」

「存じませなんだ。しかし、なんのために」

「指南の会を開いて、裏金づくりを教えれば、過分の謝礼が入る。あるいは、歩合まで取り決めておるのかもしれぬな」

「なんとしたたかな」

忠相は絶句して口をつぐんだ。

「おそらくご老中を通じて鴻池が当地の水野勝庸と宝探しに出資をもちかけておるような」

「そのような繫がりができているとすれば、当方の探索の結果はさぞかし気になるところであろう」

忠相が言えば、俊平もうなずく。

「しかしながら、水野勝庸殿と鴻池がつながっておるのなら、水野家のほうが財宝の在り処についてはよく承知しておるはず、なにゆえ、あれほど執拗《しつよう》に我らの動きを探っておるのでござろうな」

笠原が、横から剽軽《ひょうきん》な顔で二人の話に割って入った。

「あるいは、水野も財宝の在り処はわからぬまま話を鴻池にもちかけたのかもしれぬな」

俊平がふとそう思って首をかしげた。

「だが、そのような曖昧《あいまい》な話に、鴻池がよく飛びついたものだ」

忠相が不思議がる。

「水野め、あるいは甘い誘いを掛けたのみではないか」

「甘い誘い――？」

忠相が俊平を見かえした。

「なるほど、甘い誘い、でござるか」

「美味《うま》い話を持ちかけて、鴻池からしっかり金を引き出すよう算段をしているのかもしれぬ」

俊平は、水野勝庸ならやりそうなことと思った。

「これは、懲らしめねばなりませぬな」

忠相が憤慨して言う。

「されば、笠原。水野の動きをしばし見張っておれ」

忠相が、厳しい表情のまま笠原に命じた。

「しかし、動きと申されても――」

「なに、あ奴らをつけておれば、なにかが摑めよう」

忠相が編笠の侍を見て、顎でしゃくった。

「しかしながら、それがし一人ではこころもとのうございます」

笠原が、同心二人と顔を見あわせた。

「今の連中は、藩主の指示で動いておるのであろうから、財宝探しにかかわっていると見てよい」

俊平も言う。

「されば、おぬしら三人であの者の動きを探れ。まこと、あの者らが水野家の家臣であれば、許されぬこと。上様に報告せねばならぬ。城を出る際につけていけば、あるいは発掘現場にも遭遇するやもしれぬ」

「あの者ら、腕が立ちましょうか」

笠原は、剣術は自信がないので、俊平をうかがった。

「はてな、主が主なら、なまくら剣法かもしれぬ。大したことはあるまいよ」

「されば……」

笠原ら三人は、ようやく腹をくくって男たちの後を追うことを決めた。

「あ奴らは、おそらく城にもどるのであろう。方角はこっちだ」

俊平が、西陽の方角を指すと、

「わかりました。されば」

寺社方同心三人は、顔を見あわせ西に向かって駆けだした。

その後ろ姿を見送りながら、俊平は、これは宝探しを振り出しから考えてみねばなるまいと思うのであった。


宿にもどってみると、黒鍬者らが徒労つづきの憂さを晴らすかのように、夕刻から酒に顔を紅らめている。

それでも、寺社奉行と俊平の帰還にちょっと恥じ入るように膝を正し、

「これは、お帰りなされませ」

と、一行に揃って頭を下げた。

「まあよい。つづけられよ。私も仲間に入れてもらう」

忠相も、腐って脇に腰を下ろした。

この一行には腐れ縁のようなものさえ、出来上がってきているように俊平は見た。

もういちど城跡にもどって探索をつづけてみようと、俊平は惣右衛門を引き連れ夕闇のなか、外に出てみた。

城跡に向かってゆっくりと歩く。

西陽が、雑草の生い茂る荒地に沈もうとしているところであった。

雑草は、俊平の身の丈に迫るほどに伸びたものもある。

その向こうに、夕陽と入れ替わるように月が昇ってきていたが、その月が煌々《こうこう》と明るいので、雑草の海に紛れ込んでも、方角がわからなくなる心配はなかった。

江戸を離れた旅路にあることを、思いかえさせる長閑《のどか》な光景である。

「しばし、月光に当たって頭を冷やすのもよいな」

振りかえって惣右衛門にそう告げると、

「まことに」

惣右衛門も、穏やかな笑みをかえす。

将軍吉宗につきあわされて他愛のない宝探しに出てきたが、しばしの骨休めと思えば、これも役得とも思える。

と、近くで音がある。

もはや荒地となった結城城跡も、さすがに狐《きつね》が出るはずはなかった。

下生えを踏みしめて、音のあった方角に歩いていくと、ふたたび大きく雑草がざわめいた。

人が素早く逃げ、身を隠すのがわかった。

(ははあ……)

俊平は苦笑いして、泳ぐように雑草をかき分け、音のあった方角にさらにすすんでいった。

と、いきなり眼前で草原が割れ、五つ六つ人影が飛び出してくる。

「おまえが、江戸から来た財宝泥棒だな」

人影が、土地の訛《なま》りのある言葉で俊平を誰何《すいか》した。

「財宝泥棒だと――？」

「財宝はの、ここ結城のものだ」

「代々結城のものだ」

口々に言う。

聞き取りにくいほどの地方訛りである。

「おまえたちは――？」

「言えねえ」

月明かりを頼りに人影をうかがえば、さきほどの粗末な綿服に深編笠で、金光寺の山門前に姿を現した者らである。

「おまえたちは、水野家の者か」

「ちがう」

狸《たぬき》のような垂れ目の丸顔の男のほうが言った。

「江戸に帰れ。帰らねば、痛え目にあうぞ」

右手の別のひょろ長い男が言った。

「命あってのものだねだ」

また、後ろから別の男が言う。

二刀を帯びているが、刀を抜いてはいない。

手にしているのは木剣である。

「たしかに、この土地は水野家のものだ。だが、勝庸殿は上様と話しあい、出てきた財宝は両者で分けると決めた。おまえたちは、それを知らぬのか」

「知らねえ」

「はは、ならば、城に帰って勝庸殿にたしかめよ」

「おれたちは、水野とは関係ねえ」

「では、藩士ではないのか」

「おれたちは、水野が来る前からこの結城に住んでいる」

「ほう、なればこの土地の土豪《どごう》か」

「結城家は去ったが、おれたちはここに残った」

「財宝を護っているのか」

「さてな」

男が仲間と顔を見あわせた。

「ならば、どこに埋まっているのか、知っているのか」

「おれたちも知らねえ。だが、掘りかえす者は許さねえ」

「面白いことを言う」

「おまえが誰かは知らねえが、帰らなきゃあ、本気で痛えめにあわす」

俊平主従は、いつの間にか囲まれている。

と、影がいきなり四方から突進してきた。

木剣を振り下ろしてくる。

俊平は、反射的に前に向かって転がった。

この男らと本気で争う気はない。

ブンブンと唸りをあげ、木剣が追ってくる。

頭上に木剣が殺到した。

俊平は転がるのも飽きて、すいと立ち上がった。

「その腕では、私は撃てぬな」

「黙れ」

影の一人が言った。

だが、俊平が只者《ただもの》でない腕の持ち主であることは、察したのだろう。もはや打ち込んでくる様子はない。

「もういい。おまえたち、財宝の在り処を知らぬのに、財宝を護るとは、ちょっと情けない話ではないか」

「うるせえッ」

また、その狸顔の男が言う。

「郷士の結城家の財宝は、もはや、おまえたちの誇りなのであろう。だが、この国には金がない。目をつむってくれることはできぬものか。水野は一方で上様と話し合い、一方で鴻池から発掘の金を引き出すために甘い話を持ちかけた」

俊平の話す意が通じたのかどうかはしれないが、声が詰まった。

月が、雲間に隠れていく。

暗くなった。黒い影も闇に沈んでいる。

「そんな領主のために、おまえたちの結城の財宝をくれてやることはない。天下のために役立てよ」

「なにが天下だ。悪い奴らが山分けするのだろう」

「信じられぬのなら、今日のところはうちに帰れ。月が出てくれば、嫌でもまた、うぬらと争わねばならぬ」

俊平は、ぐるりと草原を見まわした。

月が雲間から出てきた。

と、それと入れ替わるように、新たな気配が叢のなかで蠢きはじめた。

さきほどの土豪の群とは比較にならぬほどの鋭い殺気を放っている。

俊平は柳橋の船着き場で出会った一刀流の遣い手とみたが、

（それにしては、刀を合わせたあの者らよりもはるかに腕が立つ……）

俊平は、気配の鋭さに警戒して刀の鯉口《こいぐち》を切った。

「ちと、手強いぞ。惣右衛門、気をつけろ」

夜陰に俊平が叫んだ。

影は三つ――。

一人一人立ち合えば、よもや敗れることはあるまいが、三、四人と同時に撃ちあえば、不覚をとらぬともかぎらなかった。

その影が、同時に刀を撥ねあげ、下半身を滑らせるようにして推進してくる。

俊平は一気に刀を鞘走らせ、生い茂る叢から飛び出した。

惣右衛門も、すぐに俊平を追ってくる。

男たち三人が、さらに追いすがった。

荒れ地の端で、追いつかれている。

「うぬら、誰に雇われた」

返事はない。

「ほう、そこの男には、おぼえがあるぞ。神尾を追って、屋根船に乗り込んだ輩《やから》の一人と見た。あの折の浪人どもは、みな一刀流の遣い手であったが、おぬしらも同じようだな」

無言のまま、前方の男がじりと一歩踏み出してくる。

左右の男も一刀流らしく、刀を上段に撥ねあげたまま動かない。

それぞれが己の剣に誇りを抱く上級者らしい。己が俊平を倒す気概《きがい》で撃ちかかってくるのだろう。

だがその分、一人一人との個別の闘いとなっている。

俊平は、また駆けた。

追いすがる男を振り向きざま、前に飛び込み袈裟に斬りつける。

だが、相手はそれをしっかり受け止めて、そのまま押し返してきた。

鍔迫《つばぜ》り合いとなる。

左右の男たちは撃ち込んでこない。

押されるままに後退し、力まかせに相手の刀を払うと、ふたたび影は斜め上段に撥ねあげ、撃ちつけてくる。

俊平は、するりと交差するようにして右に飛んで小手で打った。

男の刀を持つ手が、そのまま手首から宙に飛んだ。

それを見て、さすがに残った二人が怯《ひる》んだ。

「やめておけ。うぬら、それだけの腕を持つなら、さらに上をめざせ。かつて、ともに将軍家指南役をつとめた小野《おの》派《は》一刀流ではないか。わずかな金で雇われて、命の遣り取りをするほど愚かなことはない」

「柳生に怨《うら》みなど、筋ちがい。柳生を倒せば、我らの積年の怨みを晴らし、本懐《ほんかい》を遂げられる。それだけのこと」

前方の一人が言った。

「ならば、私はまだ成すべきことが山ほどある。こんなところで、おまえたちに命はくれてやれぬよ」

言い放つや、俊平は闇に向かってふたたび飛んだ。
うっそうとした叢の中に飛び込んでいる。
ごろごろと転がりながら、追手の気配を探った。
上方に、満月がある。
ざわざわと下生えが鳴り、男たちが追ってくるのがわかった。
だが、その足どりに、迷いがある。
俊平との腕の差に気づいているのだろう。
「臆病者め……」
俊平は、もう転がるのをやめた。
足音も追ってこない。
頭上、月が煌々と明るい。

二

宿場に帰ってみると、破れ畳に大徳利《おおどつくり》を置き、忠相を囲むようにして同心三人が車座になり、額を寄せて語りあっていた。

「柳生殿、そのお姿は——」

忠相が、怪訝そうに俊平を見かえした。

黒羽二重が酷《ひど》く汚れている。雑草のなかを転がった時に付いた泥である。

「なに、ちと剣術の稽古をしてまいった。汚れてしまったな」

一枚しか着替えは持たない。言って苦笑いすると、

「柳生殿のこと、まず心配はあるまいが、ここはいわば敵地も同然。相手は数で押してまいるゆえ、どうぞお気をつけくだされ」

忠相は、そう言って三人の男を見かえし、みなとうなずいた。

「じつは、柳生様——」

ベコの笠原が、膝をただし、向き直って語りかけた。

「どうした、笠原」

「じつは、あの金光寺に現れた男たち、結城城には入っていきませんでした」

「あの連中は、この土地の土豪だ。だが、誰に命ぜられ動いておるのかはまだわからぬ」

「されば、俊平殿の衣服に泥をつけたのは、あの連中でござるか」

忠相が、青ざめた顔で俊平を見かえした。

「いや、あの連中は木剣を振りかざしてきたが、逃げていった。手強かったのは別の一味です。これはちと手強かった。小野派一刀流です」

「何者でしょうな？」

「不敵な奴らめ」

忠相が何者かを推察して、吐き捨てるように言うと、三人の同心もうなずいた。

寺社奉行の一行もようやく全貌《ぜんぼう》が見えてきたらしい。

「それはそうと、柳生殿――」

「なんでござろう」

「我ら、今も話しあっていたところだが、水野勝庸は、我らの財宝探索を尻目に鴻池と組み、独自の発掘を行おうとしておるようでござる。これは、はなはだ遺憾《いかん》。上様も、さぞお怒りになられようが、ただ前にも申したが水野もまだ財宝の在り処についての目星はつけておらぬようす」

「そうでありましょう。水野家は、すでにこの地を長年統治しており、掘り出せるものなら、とうに掘り出しておるはず。私も、そう見ました」

「そろそろ、結論を出さねばならぬ」

俊平は大岡の隣に回り込むと、笠原の差し出す酒を茶碗で受けた。

「と、申されると」

「財宝にいたずらに時を費やすのは無駄であろう」

「ただ、江戸にもどるのも面白うない。水野や鴻池にひと泡吹かせてからにしてもよいのでは」

「いかがなされます」

忠相は面白がって膝を乗り出した。

「柳生殿。奴らを出し抜く、知恵がござろうかの」

笠原も、目の色を変えて俊平をのぞき込んだ。

「金光寺にも一役買わせ、寺のどこぞで財宝が見つかったように見せかけてはいかが。奴らは、我らの動きを注視しておろうゆえ、きっと、また見にまいろう」

「うむ。そこを取り押さえ、藩主水野勝庸にぴしゃりと灸《きゅう》をすえれば、あの者ら、これに懲りて少しは反省しよう」

「うむ、それがよい。なかなかの大岡裁き」

俊平も話に乗って、にやりと笑った。

「それは、よい案でござりまするが、金光寺の住職がはたして力を貸してくれましょうや」

笠原が忠相を見かえした。

「なに、我は寺社奉行。きつく命じれば、従わざるを得まい」

忠相がいえば、同心らが力強くうなずいた。

金光寺の住職はぎりぎり抵抗してみせたが、寺社奉行に逆らえば寺のお取り潰しもありうる。大岡忠相が強く出ると、しぶしぶ協力することを約束した。

寺の古井戸の発掘が始まった。

井戸は寺に残る言い伝えでは、すでに二百年も前に水は涸《か》れ果て放置されており、もはや無用の長物と見向きもされぬものとなっていた。

身を投げて死んだ女があったという言い伝えもあり、住職も気味悪がって見かえすこともなかったらしい。

「祟《たた》りが恐ろしうてな」

住職の快翁はそう言い、掘り起こすことを嫌ったが、大岡は寺社奉行の強権によって、これを抑え強行した。

黒鍬者が、朝から半日がかりで古井戸を掘り進めていく。涸れた井戸の乾いた土砂が、裏手の畑地に積み上がっていく。

「ほれ、そろそろ現れましたぞ」

昼をだいぶまわった頃、俊平が物陰を蠢く人影に気づき、忠相に耳打ちした。

昨日一行の様子をうかがっていた田舎侍が、土塀の陰、松の木立の背後からこちらをうかがっている。

「いよいよ、魚が網にかかりましたかな」

いつも固い表情の大岡忠相が、くすくす笑ってうなずいた。

「だが、あ奴らでは、ちともの足りない。もっと、大きな魚が釣れるまでつづけるのだ」

俊平が、ベコの笠原に命じた。

作業を開始し、さらに二刻（四時間）が過ぎ、西の空が茜色《あかねいろ》に染まりはじめ、やがて釣瓶《つるべ》落《お》としに夕闇が降りる。

黒鍬者はこうした作業が本業だけに、さすがに狭い井戸を巧みに掘り返し、木組みをして土砂を地上に吊りあげ、裏手の脇の土地に運んでいく。

その手際は、俊平も感心するばかりである。

「餅は餅屋というが、見事なものだ」

俊平が言えば、姿を現したすっかり顔馴染みとなった黒鍬者の頭《かしら》が、大岡とともに俊平を振りかえり、微笑んだ。

寺の若い僧が差し入れた握り飯で一息つくと、近くで作業を見とどけていた渡辺という同心が、

「大岡様――」

庭の角のこちら側にいた俊平と大岡のもとに駆け寄ってきた。

「どうした」

「手筈どおり。空の木箱を用意してございます。掘りかえした土砂の脇に三つばかり積み重ねておきました」

「水野の手の者は、まだ現れぬか」

「いえ、すでにかなりの数が繰り出しています」

俊平らのところからは見えていなかったが、井戸端では確認できていたのであろう。

俊平と忠相が顔を見あわせて驚いた。

「よもや、襲いかかって来るとは思われませぬが――」

「それについては、心配いらぬ。我らは、上様の命《めい》にて結城家の財宝探索のためにこの地を訪れておる。水野殿も、それはじゅうぶん承知のことであろう。邪魔だてすれば、上様の逆鱗《げきりん》に触れ、切腹。御家断絶ともなろう。水野の若造も、それほどバカで

はない」

　忠相が厳しい口調で言う。

「それで、安心いたしました」

　渡辺はふっと吐息を漏らして、肩の力を抜いた。

「だが、脅かすわけではないが……」

　俊平がにやりと笑い、渡辺に語りかけた。

「百鬼夜行の時刻ともなれば、この辺り、どのような妖怪《ようかい》が現れるかはわからぬ。その刻を待とうではないか」

「はあ」

　渡辺は気持ち悪そうに背筋を振るわせたが、夜も更けてきたところでもう一人の同心陣内八五郎《じんないはちごろう》という者が、血相を変えて二人のもとに飛んできた。

「妙な男が、姿を現しました。一見して熊《くま》のような大男にて、無精 髭《ぶしょうひげ》を生やし、胴《どう》田貫《たぬき》のような野太刀《のだち》を腰間《ようかん》に沈めております」

「無頼の輩《やから》か――」

　俊平が首を傾げた。

「得体がしれませぬ」

陣内は、夜間になって緊張を高めているのか、ひどくその男を恐れている。

「大胆不敵な奴よ。たった一人で現れたか」

忠相が、苦々しげに言って俊平を見かえした。

「柳生先生に追いかえしていただくよりありませぬな」

俊平も、しかたなくうなずいた。

「その男、今なにをしておる」

俊平が同心に訊ねた。

「それが、妙な男でして、腕を組み、黒鍬の方々の作業を興味深げに眺めております」

「ただ、見ているだけなのか」

そこまで問いかけて、俊平ははっとし、にたりと笑った。

「はい。あ、それから、積み上げた千両箱の山を見て、財宝は掘りあてたかと訊ねておりました」

「それで、なんと申した」

忠相が訊ねた。

「はい。掘りあてておると申しました」

「すると」

俊平が笑いだしている。

「それは上々と。これで藩も救われたとのこと」

「待てよ。その大男、どこかで見た覚えがある」

忠相も、顎を撫でてにやりと笑った。

「陣内殿、その男をこちらに連れてきてはくれぬか」

「ここに、でざいますか。大丈夫でございましょうか……」

「これ、ご無礼であろう。こちらの柳生殿は、将軍家剣術指南役であるぞ」

「あ、これは」

陣内は赤面して、慌てて頭を下げた。

「いや、私はこのところ稽古の間もなく、はだしで駆けまわっておるでな。立ち合えば負けるかもしれぬ――」

俊平は、大岡忠相と顔を見あわせ軽口をたたき、その男の到来を楽しみに待つことにした。

「段兵衛、驚いたぞ。なぜここがわかった」

俊平は駆け寄ってきた段兵衛の腕を摑んで、再会を喜びあった。

話を聞けば、急ぎ国表を発ち、江戸藩邸にもどってきた段兵衛は、俊平が結城に向かったと聞き、なにか役に立てぬかと駆けつけたという。

「宿の主に、ここと聞いた。いや、なにかと江戸が大変ということで、駆けもどってきたのだ。国表の動きも、至急おぬしに報せねばと思うてな」

段兵衛は俊平の脇で同心の陣内が用意してくれた床几《しょうぎ》に腰を下ろし、伸び放題の無精髭をかき分けた。

「それはありがたい。こちらも、国表や江戸藩邸の動きがちと気になっていたところだ。このようなことをしている時ではないのだが」

段兵衛の話では、大和柳生の藩論は真っ二つであると言う。

「はて、真っ二つか」

段兵衛の言い方があまりに豪快なので、俊平もつられて他人事《ひとごと》のように大笑いした。

大雑把《おおざっぱ》に文武両派に色分けすれば、俊平方に付いているのはひ弱な文官派ばかりで、柳生道場で蟇肌竹刀《ひきはだしない》を荒々しく振りまわす武官派は、あらかた国家老の一派に付いているという。

「やむを得ぬの。私は、ハナから他所者なのだ」

「おぬしは好きで養子に入ったわけでもないのにの」

段兵衛が同情して言う。

「それに私は、一度国表に行ったきりで、まだ藩士の顔もろくに知らぬのだ」

無理もないと、俊平は冷静に判断している。

惣右衛門が横で笑う。

「そうでございましたな。将軍家の剣術指南役ゆえ、柳生藩には江戸在府で参勤交代がない」

大岡忠相も、同情の眼差しを俊平に向けた。

「されば、さぞや道場ではおぬしに辛くあたる者も多かったであろうな」

「たしかに、以前とはみなの態度がまったく違っていた。まるで邪魔者扱いだ。それでも、よくしてくれる者もおったがの」

「それはよかったな。おぬしの人柄だ」

「だが、一人二人でな。それも、藩の文官派の若侍だけだ」

「そうか」

俊平も、話を聞いて苦笑いするよりない。

「辛く当たってくるのであれば、おぬしのことだ、喧嘩にならなかったのか」

「いや、わしは喧嘩などせぬ。ただ、みながこれまで客として遠慮がちに竹刀を使っていたことがよくわかった。さすがに本家の上級者は手強い」

「おお、それで思い出した。段兵衛、江戸の柳生道場の三人はどうした。あ奴ら門弟をしたたかに罵倒し、斬りあい寸前であったのを止めたのだが」

「もはや、あの三人はおらぬ」

「なに、消えたか」

俊平は、唖然と段兵衛を見かえした。

「そのようだ」

「国に帰ったとも思えぬが……」

「さて、どこに消えたか。柳生の庄では、おぬしを暗殺するという噂まで流れておった。気をつけよ」

「よもや、とも思うが……」

俊平は暗い気持ちになったが、その時はその時で対応するよりない。

「それにしても、これだけ古参の藩士が揃って藩主のおぬしに離反すれば、これからはさぞややりにくくなろう。伊茶殿から話を聞いたが、掛屋の〈大和屋〉が取引をやめるという話が出ておるそうな。おぬしを追い出せば、藩が護れると思う者もおるらしい」

「これも、〈大和屋〉に手を回しての追い出し工作かもしれぬ」

「小癪《こしゃく》なことをする」

ベコの笠原が、寺からの差し入れと握り飯を用意してくる。

「これはありがたい」

忠相が、山盛りの握り飯を段兵衛に勧めた。

「だが、よかったではないか。結城家の財宝が出てきたようだな」

「なに、あの木箱のなかは空《から》だ」

「なんだと。あの作業はなんなのだ」

段兵衛はあきれたように俊平を見かえし、

「どういうことだ」

なにか策があるものと見て、小声で訊ねた。

「藩主の水野と鴻池が組んでいる。あれはあ奴らをおびき寄せるための囮《おとり》だ。つまり、財宝が見つかったふりをしているのだ」

「今宵が勝負だ。段兵衛殿。おぬしはよいところに来たな。連中と争いとなるやもしれぬ」

忠相も頼もしげに段兵衛を見かえした。

「そういうことか。面白い、久しぶりに腕が鳴るわい」

そう言った段兵衛が、寺の裏手にふと目をやると、同心の渡辺がこちらに向かって駆けてくる。

「どうした」

忠相が、大きな声をあげて立ち上がった。

「得体の知れぬ田舎侍が多数姿を現し、ここは我らの土地ゆえ掘り返してはならぬと騒いでおります」

「昨夜の仲間だな。馬鹿げたことを言う」

「その一団の背後には、強面《こわもて》の浪人者も見え隠れしております」

「いよいよ現れたな。これを待っていたのだ。そ奴らは一刀流の遣い手だ。みな気をつけろ」

「心得た」

段兵衛は、もう柄がしらを摑んで飛び出している。

その後を追って、俊平が忠相とともに裏手の発掘現場に廻ってみると、篝火《かがりび》の下で、作業中の黒鍬者と同心が、十人余りの土豪を取り囲んでいる。

「うぬらは何者！」

大岡忠相が、蠢く黒い影群に向かって厳しく誰何《すいか》した。

「何者とはどっちのことだ。おまえたちこそ、他人の土地に無断で侵入し、土を掘りかえして、埋められた物を盗み去ろうとは盗人《ぬすっと》同然の所業ではないか」

「黙れ。我らは、寺社奉行大岡忠相様の一行。金光寺住職快翁和尚の許しを得てこの地を発掘しておる」

同心の渡辺が、田舎侍に向かって夜陰に響く声を放った。

「この地は、もう金光寺のものではない。この地は、おれたちが金光寺より買い取った。たとえ幕府の役人とはいえ、地主の許可なく土地を掘り返すべからず」

「ばかなことを申すな。我らは朝方、快翁和尚より発掘の許しは得ておる」

「その後、和尚が手放した」

その男が、懐から売買の請書を取り出し、篝火の下で大岡忠相と俊平の前に広げて見せた。

慌てて笠原弥九郎が松明《たいまつ》を翳《かざ》すと、たしかに売買の請書らしい。

買い主の名は記されているが、闇のなかでさだかではなかった。

「わかればよい。この木箱を、そっくり置いて去れ。この地の買い主のものだ」

「わけのわからぬことを申す。この地は上様と城主の水野勝庸殿によって発掘の話はすでにまとまっておる。うぬら浪人どもこそ去れ。さもなくば召し捕る」

渡辺が叫べば、ベコの笠原と陣内が男たちの前に立ちはだかった。

「いわれなく召し捕られる覚えはねえ。腕ずくで追い払ってくれる」

男が仲間に目くばせすると、十名ほどの田舎侍がいっせいに抜刀した。

同心らが気圧《けお》されながら抜刀する。

「やむをえぬな」

俊平が、そして段兵衛が鞘音を立てて刀を抜き払い、寺社方の三人と大岡忠相を背にかばって身構えた。

「待て、待て」

男たちの向こうから新手《あらて》が姿を現した。

こちらはずっと腕が立ちそうで、鍛え上げた体軀が篝火の灯りだけでもうかがえる。

篝火の明かりで、男たちの横顔が紅く浮かび上がった。

前夜、旧城跡で俊平に襲いかかった一刀流の二人らしき背の高い男の姿もある。

「俊平、この者らは」

「江戸の一刀流道場の雇われ者だ。クズどもだが、腕は立つ」

「ほう。あ奴が雇い主か」

段兵衛が、浪人者の背後で身を潜ませる男に目を止めた。

鴻池江戸店の主鴻池平右衛門の姿がある。

「やはり、この浪人どもの雇い主は、鴻池であったか。和尚に目の眩《くら》む大金を突きつけ、急ぎ土地を買ったか」

俊平がそう言って男たちをうかがえば、

「和尚など知らぬわ。この田舎侍どもを雇った者こそ、ここの和尚であろう」

浪人らが言う。

「なんだ、そういうことか」

俊平がカラカラと笑いだした。

「ならば、売買の請書は偽物であろう。どうせ藩主の水野勝庸も、グルであろうが、姿を現さぬ。とまれ、こ奴から片づけよう」

俊平が言った。

「しかし、相手は武士ゆえ」

ベコの笠原が、おじけづいたように言う。

寺社方では武士を召し捕ることはできないという。

「ならば、私と段兵衛が相手をする」

「心得た」

段兵衛が腰の胴田貫を抜き払い、相手の群に迫る。

それを合図に浪人者が俊平と段兵衛にいっせいに斬りかかる。

弧を描いて背後から振りかえっては袈裟に斬り、逃げる前の男を追って肩を打つ。

いずれも峰うちであるが、男の肩が鳴いた。

右から不意に斬りかかる相手を忠相が袈裟に斬りすてる。

「おぬし寺社奉行であろう」

俊平が驚いて忠相を見かえした。

「腕達者と聞いていたが、これほどの腕か」

段兵衛が嘲《あざけ》るように叫ぶと、

「ええい、うぬらは退け」

黒い大きな影が、俊平の前に立ちはだかった。

肩まで垂らした総髪が、篝火に浮かび上がった長身の男で、夜陰に沈んで面体《めんてい》まではうかがい知れない。

「おぬしは――?」

「一刀流柏木源七郎《かしわぎげんしちろう》」

「おぬしが道場主か」

「いかにも、柳生の剣が上か、わが一刀流の剣が上か。時がまいった。この場で白黒つける」

「金で雇われただけの者が、戯《ざ》れ言《ごと》を申す。この者らを率いて去れ」

荒くれ道場主が、一歩前に出た。

「ほう、臆したか」

「勝負は時の運。いずれが勝者となってもただの殺し合い。商人に金で雇われるだけの身の一刀流と生死の勝負をしとうはない」

「問答無用――」

道場主柏木源七郎はゆっくりと腰の一刀に手をかけた。

常寸より数寸長い刀である。

「みなは、手出しは無用」

柏木源七郎はそう叫ぶや、大刀を上段に撥ねあげ、いきなり俊平に肉迫した。

「おおっ」

しきりに気合を放ち撃ち合うが、俊平を警戒してか容易には間合いを詰めてこない。

同門の者たちが、寺社方の同心が、そして大岡忠相と郎党が、対峙する両者をじっと見守っている。

それを見はからって俊平が動く。俊平は誘いをかけるように刀を下段に落とした。

だらりと肩の力を抜き、誘いかけるように前に出る。

柏木源七郎が、ようやく草鞋をにじらせ、一歩前に出た。

俊平は、そのまま肩の力を抜き、柏木源七郎の剣刃の下に身を置くように前に出た。

上段からの真っ向う一文字の剣が、ふたたび俊平の頭上に炸裂《さくれつ》する。

と、俊平の体軀が、崩れるようにして前にわずかに踏み出し、胴を抜いていた。

柏木源七郎の体が傾き、そのまま倒木のようにぐらりと揺れて崩れていった。

安堵《あんど》の吐息が寺社方役人と黒鍬者の間から漏れ、浪人どもがはっとして我にかえるや、たがいに顔を見あわせ慌てて闇の奥に四散していった。

「お〜い、俊平。生け捕ったぞ！」

彼方《かなた》で、段兵衛の声が聞こえた。

さっきまで俊平とともに浪人どもと争っていたはずだが、段兵衛は新手《あらて》の敵を見つけたらしい。

その方角に駆けていくと、争いを遠くでうかがっていた紋服姿の男が、組みふされて笠原弥九郎に縄を打たれている。

「ほう。よくやったな」

俊平は、段兵衛と笠原をねぎらってそれぞれの肩をたたいた。

「だが、こ奴をどうする」

段兵衛が俊平に訊ねた。

「さて、まずは正体を確かめよう。渡辺殿、灯りを」

俊平は、駆け寄ってきた同心の渡辺の松明《たいまつ》で、縄を打たれてうずくまる紋服の武士の顔を照らし出した。

「知らぬ顔だが、用があるのはそ奴らの紋付だ」

「ついでに、印籠《いんろう》も見たい。もらっておこう」

俊平が男の腰の印籠を引きちぎった。

その定紋《じようもん》を見て、俊平が苦笑いした。

「やはり、そういうことか」

段兵衛も、にやりと笑ってうなずいた。

「明日は、城に乗り込んでいくのだな」

「そういうことだ」

段兵衛は、取り押さえたその男の鼻をむんずとつまんだ。

三

同心の渡辺が前もって結城藩側に寺社奉行大岡忠相一行の訪問を伝え、俊平主従も加えた六人が、結城城に水野勝庸を訪ねたのはその翌日のことであった。

こちらは、永享《えいきょう》十二年（一四四〇）の結城合戦で、幕府の大軍を迎えた結城旧城ではなく、新たに築かれた城で、土台の上に立つ平城は、水野一万八千石の居城としては壮大なものである。

本丸に通された一行は、書院の間で水野勝庸に迎えられた。

「これは大岡殿、それに柳生殿。お二方を当地にお迎えするのはこの上ない誉《ほま》れ」

水野勝庸は、口先だけはへりくだって歓迎の意を述べたが、若さゆえに苦々しそうな表情は隠しようがない。

だが、はるばる幕府重役を城中に迎えたからには、疎《おろそ》かに扱うわけにもいかず、用意した酒膳がずらりと並んでいる。

「ほんになにもござらぬが、お寛《くつろ》ぎくだされ」

水野勝庸が、さっそく酒宴とばかりに酒を勧めると、

「いや、その前に、水野殿にお訊ねしたき義がありまする。その件を」

忠相は、料理と酒には目もくれず、あらたまった口調で言った。

「はて、なんでございましょうな」

恐々と、水野勝庸が忠相の顔をうかがい見た。

「じつはご下命により、ご城下金光寺脇にて結城家の財宝発掘を行っておったところ、妙な一団に作業を邪魔されましての」

忠相が、険しい眼差しを向けた。

「それは、けしからぬ奴。いったい何者でござろう」

水野勝庸の声が、小さく震えている。

「三派に分かれており、その一派は江戸一刀流柏木道場の者らにて、かつて大川端の船宿で、勘定奉行神尾春央殿と一緒であった者らだが、発掘中に斬りつけてまいった。もう一派は、土豪。結城の財宝を守る寺の住職と土豪の一派であった。さらにもう一派は、御当家の藩士であった」

「そのようなことは、ありえぬ話。なにかのおまちがいであろう。それがし、上様に、発掘した財宝は幕府におもどしするとお約束した。その発掘作業を邪魔立てするよう

なことは、決していたしませぬ」

「そうと信じたいが。これは、ご謀反《むほん》と同じことになりまする」

忠相が冷やかな口ぶりで言った。

「これとは別に、幕府お庭番の調べによれば、水野殿は両替商鴻池と結び、上様とのお約束とは別に、鴻池の資金で結城家の財宝を発掘せんと、もちかけたそうな」

「め、めっそうもない」

水野勝庸は狼狽すると、左右に居並ぶ家臣も顔を伏せて拳を握っている。

「発掘を邪魔した一刀流道場の者らも、鴻池に雇われた者どもと見ております。そして、ご当家の藩士は、後方から見届けておった。これをそのまま上様にお伝えすれば、さぞやお怒りのはず。むろん水野殿の御家は断絶。そなたも、腹を切ることになるやもしれぬ」

「それはなにかのおまちがいでござろう。当家の家士は、そのようなことなど、決してしておらぬ」

水野勝庸は、居並ぶ左右の家士を見かえした。

「はて、どうかな」

俊平は持参した風呂敷包みを開き、なかから一着の紋付を取り出した。

「これは、ご当家の家士の紋服と存ずるが」

「はて、そのような」

小姓が俊平からそれを受け取って、水野勝庸に渡した。

「はて……」

水野勝庸が、用心深げに手に取り家紋をうかがうと、

「たしかに、そのようにも見えまするが、定かにはわかりませぬな……」

「さだかにわからぬ？　その定紋は、まぎれもなくご当家水野沢瀉《さわがた》。己の家紋がどうしてわからぬ」

「た、たしかにそのようでござる。誰がそのような。それがしにはまったくもって寝耳に水のこと」

「ほう、水野殿は、上様とのお約束をお忘れではあるまいか。発掘した結城家財宝は神君家康公の御曹司《おんぞうし》結城秀康様の物。今でこそ結城家の領地ゆえ、その一部をお分けするとのこと上様のご厚意にて、そこもとも了解なされたはず。我らの作業を前の二派の者が邪魔だてすると、さらに背後で争いを見守るご当家の家士を目撃した。逃げようとするところを取り押さえ、この紋付と印籠をはぎ取って証拠の品として持参した」

俊平は、さらに忘れるところであったと袂から印籠を取り出し、ごろりと投げ渡した。

「さて、知らぬとは言わせませぬぞ。水野殿」

大岡忠相が、俊平の話を受け、膝立てて問い質《ただ》した。

「返答しだいでは、このこと他には決して漏らさぬ。貴藩の者であることは明々白々」

「それは……」

水野勝庸は、ほとんど泣き声である。

「水野殿、余罪はまだあるのだ。それがしの調べでは、そこもとが鴻池に財宝の利益を山分けにすると申し出られ、藩財政に逼迫する貴藩は鴻池の金で補塡《ほてん》せんとしたようだの。これをそのまま上様にご報告すれば」

俊平が、なだめすかすように勝庸に言った。

家臣のなかに、堪えきれず片膝を立てて、脇差しに手を掛ける者もいる。

「知りませぬ。どうか上様には……」

「いや、水野殿。我らの作業を邪魔した浪人者が江戸柏木道場の者らで、これらが鴻池江戸店商人とつるみあうのもたびたび目撃されており、勘定奉行神尾春央と鴻池殿の結びつきも見えてきておる。藩の財政厳しきことは他人事とも思えず、ご同情申し上げるが、こたびのことはいささかお戯《たわむ》れがすぎよう。残念ながら、目を瞑り見て見ぬふりはかないませぬな」

「柳生殿、そこを……！」

「大岡殿は江戸南町奉行時代は人情たっぷりの大岡裁きで知られたお方。だが、こたびは人情裁きは難しかろう、のう」

俊平は、同意を求めて忠相を振りかえった。

「さよう、ちと、度が過ぎまするな」

忠相も、苦笑いしている。

「水野殿。ひとつうかがいたい。鴻池に発掘を持ちかけられたのは、見込みがあってのことか。それとも、ただの餌《えさ》か」

俊平が肩を突き出し、凄むように言った。

「まことに見込みはござらぬ。上様とのお約束を破って、宝を独り占めしようとしたわけではなく金を借り入れたばかりにて」

「されば、宝のありかの目星もつけておられぬのか」

忠相が、念を押すように訊ねた。

「さようでござる。そも……」

「そも？」

「宝は、もはや残ってはおりますまい」

「やはりの……」

忠相が俊平と顔を見あわせた。

「当藩の初代藩主水野勝長《かつなが》がこの地を将軍家より拝領した折に、熱心に財宝の在り処について調べ、城下に残る伝承もくまなく当たってみましたが、結局は見つからなかったと聞き及びます。さらに、財宝があきらめきれず、父の代でも財宝を探し回ったと聞いております。だが、やはり出ずじまい。水野藩は財宝探しのために散々な目にあい、私財を遣い果たした。この地を拝領してすでに四十年近く経過し、いよいよあきらめがついて今は財宝探しに無駄な金と労力を費やすことはやめております」

「さればそのこと、なにゆえ上様に申しあげなかった」

「申しあげました。しかし、上様はお聞き届けにならず、ならばご自由に、とお申し出をお受けしたしだい」

「なんともはや」

忠相が、あきれかえって呻《うめ》いた。

「柳生殿、すべてそこもとのご推察のとおり。鴻池に甘い言葉で誘いかけたのは、鴻池から金を借りねば、藩政がたちゆかぬところに来ておるから。当家の事情をどうかお察しいただき、お情けを持って……」

水野は、俊平と大岡忠相を前に、頭を畳にこすりつけた。

主と同じように居並ぶ家臣も悔し涙で二人に平伏する。

「水野殿……」

俊平は、立てた片膝を収めて水野勝庸を見かえした。

「私は、つくり話はできぬ立場。本日お聞きしたことを、ありのままに上様にお伝えする。ご判断は上様におまかせしよう」

「えっ」

「なに、俎板《まないた》の上の鯉《こい》、じたばたしても始まりますまい」

「ただ、幕府はいま城中の諸役が貯め込む裏金のあぶり出しに躍起である。勘定奉行神尾春央殿、さらに老中松平乗邑殿と水野殿がこれまで語り合ったこと、しかとご証言いただければ、間に立って、よきにとはからうこともせぬではない」

忠相が誘いかけるように言った。

「むろんなんでもお話しする。いずれにしても、聞きおよぶかぎりのことは、推測を交えてすべてお話しいたしまする」

水野勝庸は、歓喜して面を上げ、また二人に対して深々と頭を下げた。

「ただ、よろしいか。ご判断は我らではない、上様である。お許しいただけるか否かは、上様のお心のうち。そう心得られよ」

「は、よしなにおとりはからいくだされ」

水野勝庸は、半ば安堵し、また不安にかられてわっと泣き崩れた。

「はて、城下に財宝がないとなれば、長居は無用。大岡殿、我らは急ぎ江戸に立ちもどるといたそう」

「さよう、さよう」

あきれたように忠相は水野勝庸を見かえし、三人の同心に目くばせすると、俊平主従とともにやおら腰をあげた。

俊平も忠相も、財宝がないことをどう吉宗に納得させたらよいか、また、水野勝庸の助命嘆願をどう切り出したらよいものか、はや考えを巡らせはじめていた。

第六章　役料千石

一

「その後、道場破りの連中はどうした」

江戸にもどった俊平は、寺社奉行所の大岡忠相一行と別れると、馬に荒く鞭《むち》をあてて城下を飛ばし、段兵衛や惣右衛門と競うようにして木挽町の藩邸に駆けもどってきたのであった。

藩の財政逼迫と、三人の大和柳生の高弟のことが気になる。

荒い息のまま出迎えた慎吾に、俊平は気になっていたことを矢継《やっ》ぎ早《ばや》に訊ねた。

段兵衛からの報告では、大和柳生の高弟三人は一時、江戸の門弟と睨みあいをつづけ、藩邸内に一触即発の気配が流れていたということだったが、

「とうに姿を見せておりません」

と段兵衛が言う。

藩邸を引き払って、どこかに消えたという。

「されば、村瀬甚左衛門殿は」

「あの御仁は、それよりずっと前に江戸を発たれました」

「はて……」

俊平はふと考えた。

その者らに、すでに結城での一件が耳に達しているのかもしれない。

それはひと安心と、佩刀を慎吾に預け、俊平はすぐに別の難事を思い出した。

「それで、〈大和屋〉の一件はどうなった。取引を停止したいと申し出てきたが、やはり交渉の余地はないか」

「それが、〈大和屋〉がなぜかあの話は、無しにしようと申してまいりました」

「あの話は無しだと。妙なことを申す。それは、なにゆえだ」

慎吾が、また首を傾げ、

「はて。私にも――」

怪訝そうに応じた。

慎吾は、わけがわからぬと言葉をつまらせた。

――とまれ話は奥で聞く、
と急ぎ廊下を渡り、中奥の藩主座敷にもどれば、

「お帰りなされませ。案じておりました」

と、すぐに伊茶が姿を現し、俊平にすがりついた。

「なに、私はこのとおりだ。段兵衛が助太刀に来てくれた」

あらためて伊茶を見かえした。あの気丈であった伊茶が、ここまで女らしく変わって俊平の身を案じていたとは。

女とはわからぬものよと、俊平は首を傾げた。

「あいかわらず、お仲がよろしいことで」

旅路の埃《ほこり》を拭ってもどってきた惣右衛門が、目を細めている。

伊茶は、ちらと惣右衛門を見かえし、頰を染めた。

「それにしても、心配でございました」

伊茶がすがりついて言う。

「だが、なにを心配してくれていたのだ」

「それが……」

いつもの俊平であれば心配はしないが、このところ俊平はやや心に余裕を失っており、それが不安で案じていたという。

「おろかなことを。私は余裕など失っておらぬぞ」

自分は余裕を失っているつもりはなくとも、端《はた》からみれば、そうではないのかもしれないと、俊平は思った。

伊茶は、ひとまず胸をなでおろし、俊平を見かえす。

「それにしても、ちと一刀流の道場の荒くれどもは手強かった。道場を丸ごと雇い入れたとは、よほどの財力がなければ叶わぬことだ」

「一刀流はどこの道場でございます」

伊茶が、怪訝そうに問いかけた。

伊茶はかつて一刀流浅見《あさみ》道場に籍をおき、師範代をつとめたほどの腕である。

「柏木源七郎道場だ」

「あ、あそこは」

伊茶が、眉を顰《ひそ》めた。よほどの悪評が立っている道場らしい。

「それにしても、〈大和屋〉がこれまでどおりに取引すると申し出てきたわけがよくわからぬな」

俊平は、あらためて首を傾げた。

柳生藩の信用が回復した理由は、どう考えても浮かばない。

「されば」

袴の裾をさばいて二人の前に座した用人惣右衛門が、思うところをとつとつと語りだした。

「〈大和屋〉は、鴻池と比ぶれば商人としては下の下。鴻池の意のままなのでございましょう。おそらく、取引の裏切りも、再開も、鴻池の意のままと思われまする」

「うむ。それは、そうであろう。されば、鴻池が当藩との取引の再開を指示したわけはなんだ」

「察するところ、鴻池は結城では殿を邪魔者として一刀流柏木道場の者を放って襲わせましたが、目的を達することができず、さらに水野勝庸が城中でこたびの仕組みをすべて白状してしまいました。ゆえに、このことを知った鴻池は、これは分が悪いと手を退いたのかもしれませぬ」

「ふうむ、ありうるな」

俊平は、それならそれで結構とほくそえんだ。

「あちらとしましては殿や大岡様に、結城家の宝を横から奪い取ろうとしたことを上

様に告げられては、商売にさしさわるどころか、両替商としての出入りも禁止される
など、どのような咎を受けるか知れたものではありませぬ」
「なるほどな。だが、なんとも、すばしこい奴らだ」
伊茶も、納得してうなずいている。
「されば、さらにこの一件を表沙汰にして、我が藩に金を貸すよう脅しをかけてみま
しょうか」
横で、慎吾が勢いづいて言った。
「弱みにつけ込むのは、好きではない。将軍家剣術指南役の剣はつねに王者の剣であ
りたいものだ」
俊平がそう言えば、慎吾は頰を紅らめ、そうでしたと顔を伏せた。
「まこと、武士の誇りを失わぬところが、俊平さまらしうございます」
伊茶がそう言って、また嬉しそうに俊平を見つめた。
「鴻池といえば、柏木源七郎は死んだが、雇い入れた一刀流の道場の荒くれどもは、
その後どうしたかの」
「そのこと。昨日今日と、二人ほど道場周辺をうろついておりましたが、乗り込んで
くる気配まではありませんでした」

慎吾が落ちついた口ぶりで言った。

「柏木源七郎はやむをえず討ち取ったが、道場は主を失い困惑しておろう。やがて門弟たちも四散していくさだめかもしれぬ」

道場主でもある俊平は、道場の運営にもつい、頭がまわってしまう。

「哀れにござりますな」

伊茶も、一時一刀流を修めていただけに、他人事とも思えぬらしい。

「柏木も、金に目をくらまさねば、剣の道にさらに邁進《まいしん》しておったであろうに」

「あ、そういえば」

慎吾が、ふと思い出したように俊平を見かえした。

「今日の午前、お庭番の遠耳の玄蔵殿がお見えになり、ご藩主はご在宅かと――」

「ほう、それはあいにくだったな。玄蔵には、急ぎの旅立ちだったゆえ、結城行きのことは、まだ伝えておらなかった。して、なにをしにきたと申しておった」

「なにやら、風呂敷に多数の書物を抱えておられました。また、小用を済ませ午後にでも訪ねるとだけ申され、すぐにお帰りになられました」

「そうか。書物をの」

「玄蔵さまは、面白いお方でございますな」

伊茶も、朝方出迎えた遠耳の玄蔵を思いかえし微笑みを浮かべた。

「なぜだな、伊茶」

「あのお方は、密偵のお仕事に就《っ》いておられますが、書物がお好きで、どこか学者肌のところがおありでございます」

「じつは、私もそう見ておりました」

惣右衛門も得心してうなずいた。

「ほう、惣右衛門もか」

俊平も、じつは玄蔵をそう見ていただけに、三人の見方が一致し、なんとなく嬉しい気になった。

と、遠く玄関の辺りに人の声がある。

遠耳の玄蔵が、再訪したらしい。

「おや、噂をすればなんとやらですこと」

伊茶が、そう言って立ち上がると、

「いえ、私が見てまいります」

と慎吾が、伊茶を制し、足早に廊下に飛び出していった。

ややあって、小腰を屈めて現れた玄蔵は、なるほど行商人の大荷物ほどの風呂敷包みを大切そうに抱えている。

そのなかは、すべて本のようであった。

「玄蔵。それでは、どこかに夜逃げするような格好ではないか。留守をしていて、無駄足を運ばせてすまなかったな」

俊平は、それだけの荷物ではさぞ大変であったろうと、幾度も足を運ばせたことを詫びた。

「いえ、なんの前触れもなくやってまいりましたので。御前は、結城までお出かけだったそうで、そちらこそ大変でございましたでしょう」

玄蔵は財宝探しが雲を摑むような話であることは承知している。

「はるばる結城まで足を運んだが、特に得るところも無く帰ってきた。これは私の勘にすぎぬが、財宝はどうやら結城城周辺にはないようだ。いや、あったとしても、とても見つけられぬ」

「じつは、そのことでございます」

玄蔵が風呂敷包みを置き、俊平の前にどかりと座り込むと、包みをあらためて引き寄せた。

「私も鴻池と水野勝庸がつるんでいるらしいんで、先を越されてはと紅葉山《もみじやま》文庫に眠るお庭番の遠国御用《おんごくごよう》の古い記録を急ぎ調べておりました」

「だが、なにゆえそのような本の虫となった」

「じつは、寺社奉行所の同心笠原様の言葉がひっかかりましてございます」

「なに、ベコの笠原の言葉が」

「さなえが聞いてまいりました。こたびの財宝発掘の鍵は結城秀康殿にあるのではないかと」

「ほう、それで読めたぞ。そなたは秀康公以来の結城家、いや、移封された先の福井《ふくい》藩《はん》の資料を読みふけっていたのだな」

「はい。読んでいたのは、古い結城家の記録ばかりでございます」

「ふむ。それは面白そうだな」

俊平は、玄蔵の持参した本の山に身を乗り出すようにして、数冊を手にとってみた。よほどの古書とみえ、すえたような臭いが鼻をつく。

「すでに、百年をはるかに経過するものでございますから、ちょっとばかりかびが生えておりますが」

なるほど、書物のなかにはたしかに表紙が薄れ、文字も擦《かす》れかけてよく読めないものもある。

「と申しましても、まあ神君家康公のご次男結城秀康様以降のことでございますから、たかがしれておりますが」

「秀康公が越前に移封となったのは、慶長《けいちょう》六年（一六〇一）のことであったな。百数十年前のものか」

「はい。秀康公は初め、太閤秀吉様の御養子になられたお方で、それから家康公のもとにおもどりになって、さらに結城家のご養子となられました」

「承知しておる。太閤は子ができぬので、家康公の次男秀康公を養子にし、一時は跡を継がせようとなされた」

「それゆえ秀康公、結城家に、ふたたびご養子に入られても、お心は豊臣家に残しておられたご様子」

「ほう、それは知らなかった」

話を聞いて、俊平は結城秀康の複雑な心情をあらためて知った思いであった。

俊平も、実家久松松平には格別な思いがある。

「それだけに、家康公も二代秀忠公も、秀康公を腫《は》れ物《もの》にさわるよう慎重に扱われたそうにございます。関ヶ原の合戦以降、結城家は名を松平家と変え、五十二万五千石を得て、越前に移封されましてございます。これは、諸大名としては別格といってもいい加増でございました」

「そうであったな。あれは、家康公の御子たちのなかでも、異例の扱いであったと聞く」

「なにせ、秀忠公の兄君でございますから。大坂の陣の前には、幕府は、秀康様の動向に探りを入れておりました。敵対した場合の軍資金として、結城家の財宝を利用なされるのではないか。そうなれば、浪人を多数募ることができます。関ヶ原で西軍につき断絶となりました大名家は多く、諸国に浪人が溢《あふ》れかえっておりました」

「うむ、キリシタンも多かったと聞く」

「その通りでございます。また、記録によれば、幕府は結城家をだいぶ調べあげ、ことに福井城のご金蔵には探りを入れましたようでございます。お庭番の記録によれば、結城から運んだ形跡は、どうやら見つからずじまい。また、その頃、結城家以来の家臣の間に、財宝はけっして徳川には渡さぬと、いずこかに埋めたとの風評も立っており、伊賀者はやはり財宝は結城のどこかに残っていると判断したものと思われます」

「なるほど。そのあたりから、結城家の財宝伝説が流布《るふ》したのやもしれぬな」

「おそらく、秀康公が結城家を継ぐ前にすでに大分使われていたのかもしれませんね」

　伊茶が、ふと思いついて俊平に語りかけた。

「それはありうるな。惣右衛門。考えてみれば、それまで結城光朝より今日まで五百年近く、結城家が頼朝公から譲り受けた財宝にまったく手をつけなかったはずもない」

　そういえばと、惣右衛門も伊茶もうなずいた。

「結城はわれらも行ってみたが、当時でもたかだか実高十万石ほどの小さな領地。それが室町幕府を向こうにまわし、結城合戦を演じたのはよほどの財力が他になければできぬことと思えた」

「おそらく、大量の黄金があの戦いで遣われたことでございましょう。ただ、まだかなりのものが戦国末期まで残っていたことはじゅうぶん考えられます」

「そうであろう。でなければ、あの黄金好きの太閤秀吉が、結城家を救うはずもない。その金を、結城秀康殿は大坂方の軍資金とするつもりで、幕府を騙し、秘かに城中に運び込んだのかもしれぬ。そうとすれば、結城秀康、なかなかやりおる」

「殿、そのようなことを申されては」

　惣右衛門が、あわてて俊平を諌《いさ》めた。

「よいよい。この玄蔵とて、今さら柳生家が大坂方に味方するなどとは思っておるまい」

俊平が玄蔵を見かえせば、玄蔵はにやにや笑っている。

「それはそれで、痛快なお話でございますな」

惣右衛門も、安堵して遠慮なく述べはじめた。

「その後、幕府が結城を直轄領として、幾度となく発掘調査いたしましたが、財宝は出ず、ついにあきらめて放置したようにございます。それからおよそ三十余年の後、幕府の誰もが財宝について忘れた頃に、結城の土地は水野家に与えられましたが、その間、幕府は財宝が秀康公に持ち去られたものと見て、福井城への探索をつづけておりました」

「幕府の執念もすさまじいの。よほどの大金がまだ何処かに眠っていると踏んだのであろう」

「そう思われます。ところで、柳生様。松平忠直公が、その財産を元に幕府を倒さんと密かに狙っておられたとの風評が残っております。お信じになられますするか」

「なんと申す」

俊平が目を輝かせて、身を乗り出した。

「まことのところ作り話とする者も多く、後世のためにする風評との意見もございまするが、当時忠直公が紀州《きしゅう》の徳川頼宣《よりのぶ》公と結び、幕府を倒さんとしていたとの噂も流れておりました。南海の竜こと徳川頼宣公は、ずっと将軍位を狙っておられたそうにございます。その頼宣様と与《く》み、幕府に叛旗を翻せば、もしやという場面もあったかもしれませぬ。時の英国領事が本国に、大乱が生じようとしている、と書き送ったなどと、この折の密偵も記しております」

「歴史とは乱の後、勝者がつくるものという」

「無念を遺して死んだ秀康公を継いだ松平忠直公の行状は謎に満ちております。お父上にもまして豪気なお方で、父の無念を継ぎ、徳川宗家に挑む豪の者と警戒されておられましたようでございます」

「忠直公は、ご乱行でも知られておるな」

忠直は、罪もない領民や家臣、側室に刃を向けた者との記録もあるが、これは後世の都合のよい脚色と俊平には思われた。

「忠直公は、お父上同様徳川本家との争いに敗れ、乱心者扱いをされたことは十分に考えられます」

「うむ」

「福井藩は、第二代藩主松平忠直公の後、忠直公の弟の忠昌《ただまさ》公がお継ぎになり、忠直公のお子は入れ替わりに越後高田《えちごたかだ》藩に移されました。

「そのあたりのこと、ちと話が入り組んでおるが、あらかたは承知しておる」

「また当時、福井に潜伏していた伊賀者によれば、松平忠直公は豊後府内《ぶんごふない》藩《はん》にて、蟄《ちっ》居《きょ》生活を強いられ、改易《かいえき》となりました。忠直公の配流によって、結城家の家臣は財宝をみなで分けたのではないでしょうか。三代に亘《わた》って御不幸の連続、結城家を継ぐ松平家はこれにて財宝も分散されたのではないかと睨んでおります」

「うむ、さすがだ。玄蔵、そちの読み、まことに道理にかなっていて面白い。いずれにしても、結城家の財宝はすでに秀康公の代にはかなり目減りしており、北ノ庄《きたのしょう》から越後高田にかけて、雪のごとく溶けていってしまったのであろう」

「昔のこと、人々の記憶もしだいに彼方に消え去り、ただ、人の欲や憶測だけが空回りして、動き出すのでありましょう」

惣右衛門がうなずきながら、俊平を見かえした。

「さて、財宝はもはやないものとあきらめ、ひとまず探索の結果を大岡殿とともに上様にご報告せねばなるまい。残る問題は、裏金の一件」

「そのことにございます」

玄蔵がそう言うと古書の山を脇にどけ、あらためて俊平に向け、膝を詰めるのであった。

二

「ほう。神尾め、私をよほど甘く見ておったようだ」

物陰から船宿〈喜仙〉の裏手の船着き場をうかがっていた柳生俊平が、供の玄蔵に耳打ちした。

「いいえ、これはどうやら御前を甘く見たというよりも、鴻池に上手く逃げられてしまったというところではございませんでしょうか。この数日、警護役の浪人もとんと姿を見せません」

俊平は裏金づくりのかなめとなった神尾春央の尻尾《しっぽ》を摑もうと、ここ連日、神尾の出没する船宿の裏手を見張っている。

「ようやく三日ぶりに現れた。待たせおって」

神尾は〈喜仙〉の船着き場から屋根船に乗り込むところであった。

「さなえの報告では、鴻池の江戸店からも店の者は、一歩たりとも出ておらぬようすでございます」

「だが、それも妙だな。あれほどすばしこい神尾が、このようなところにひょっこり一人で姿を現すとは」

「と、申しますと」

玄蔵が、自信ありげに神尾の姿を追う俊平の横顔を睨んだ。

「うむ、あ奴、あるいはこちらを罠《わな》にかけるつもりやもしれぬ」

「えっ」

玄蔵が驚いて周囲を見まわした。

「しかし、ほかに誰もこの辺りには――」

「うむ、だがまだわからぬぞ。玄蔵の耳を警戒していようからの」

もしそうならば、むしろ神尾はだいぶ追い詰められていることになる。

「網にかかったふりをしておびき寄せ、懲らしめてやるよりあるまい」

「どういたします」

「うむ、神尾は有能な男だ。上様も腹を切らせたくはないであろう。懲らしめたうえ、救うてやるよりあるまい」

「残念ではございますが、あっしも、落ち着くところは、そのあたりかと」

玄蔵が悔しそうに俊平を見かえした。

「だが、向こうにしてみればそうは問屋がおろさぬというのだろう。玄蔵、ここはぬかるな」

俊平は、後方からの鋭い殺気を感じて、低声《こごえ》で玄蔵に警告した。

ひたひたと迫る気配が三つ——。

ただの雇われ者の殺し屋ではない。深い怨みの情が、その殺気にこめられているように思えた。

船宿〈喜仙〉の壁に身を張りつかせるようにして、こちらをじっとうかがう黒覆面《くろふくめん》の姿があった。

これまで俊平に襲いかかってきた一刀流柏木道場の門弟どもが、師範の仇《かたき》とばかりに俊平を狙っているらしい。

俊平はゆっくりと鯉口を切り、左右をうかがった。

(やっぱり罠をかけられましたか……)

「いや、ここは力しだいだ」

「へい。ものは考えようで。奴らに、ここで一気に膿《うみ》を出させますさあ。役者はそろいました。ご覧くださいまし。船宿の二階、大川に面したあの部屋から、こちらをじっとうかがう商人風が二人見えておりやす」

「あれは、鴻池江戸店鴻池平右衛門だな」

「その隣には、掛屋の〈大和屋〉も」

「そのようだ」

部屋の灯りを背にして、面体は影になってさだかではないが、その姿はまちがいない、芝居茶屋で見かけた商人の二人である。

「あっ、別の屋根船が、しだいにこちらに向かってきます。ご覧くだされ、人影が――」

数人の浪人者らしき人影が、船首に立ち、こちらを睨んでいる。

「なるほど。これは暴れがいがあるの。玄蔵、心せよ。数が多い」

「なあに。あっしもお庭番の家に生まれて三十余年。いつでも闘いで果てる覚悟ができております」

「なに、負けるとかぎってはおらぬ」

船宿の裏手の物陰に張りつくようにしていた三つの影が動いて、じりじりと俊平と玄蔵を取り囲んでくる。

男たちが、船宿の裏手から飛び出して、いっせいに抜刀した。

「ほう、うぬら、覚えのある構えだな」

闇を見透かすように影をぐるりと見まわして言った。

「御前を襲った結城の城跡での一刀流柏木源七郎道場の門弟どもではないのでしょうか」

「どうやら、ちがうな。これは大和柳生の者だ」

俊平が、闇に向かってはっきりと言った。

「こ奴ら、よほど私が憎いと見える。だが、主筋を討たんと付け狙うとは、侍の風上にも置けぬ」

さすがにむっとして足元を乱したが、ふたたびじりと間合いを詰めた。

「我らは、すでに脱藩した。おまえはもはや主ではない」

俊平と、一度道場で立ち合ったことのある高梨源吾が言う。

「やはり、おまえは高梨か。ならば、新たな主はいったい誰なのだ。二階から面白そうに見下ろしているあの商人どもか。地に堕《お》ちたものだ」

「知らぬ」

高梨源吾が俊平から顔を背けた。

柳生新陰流の三人が、それぞれ三間の間合いをとって、足をにじらせ足場を築く。

「だが、これで大和柳生と〈大和屋〉、鴻池がつながっておることがよくわかった。剣の道統を護るため、他所者を嫌う気持ちならわからなくもないが、よりによって金に目が眩み、商人どもと手を結ぶとは、救いがたい。かような、なまくら刀で、私を斬れるとは思えぬ」

前方をうかがえば、船着き場に船体を寄せた屋根船から、勢いよく浪人者が飛び出してくる。

こちらは、結城城下金光寺の裏手に現れた一刀流柏木道場の男たちである。

「ほう、柳生と一刀流が仲良く私を囲むか」

俊平が、ふたたび三人を見まわして嘲笑《あざわら》った。

「われら道場の者、先生の仇。きっと討ち果たす」

一刀流柏木道場の門弟が、柳生の三人を弾き飛ばすようにして俊平を囲む。

「私一人に総勢何人であろうか。数を頼まねば、もはや勝てぬと見たか」

怒った柳生の三人がジリと動く。

「大丈夫でございましょうか」

玄蔵が、俊平に背を合わせて訊いた。

その背の気配がひどく固い。

さすがに柳生と一刀流の高弟に囲まれて、玄蔵も助からないのではと踏んでいるようである。

「なあに、こうした場での闘い方は、ちゃんとあるものだ。怪我をする。おぬしは離れて見ておれ」

「しかし、御前――」

「よいのだ。かえって邪魔になる。だが、神尾春央が逃げるとあれば、得意の手裏剣を飛ばしてくれ」

玄蔵にそう言い、俊平が船着き場に向かって駆けはじめた。

先頭の神尾春央とその用人を護るようにして、一刀流の男たちがその前方をしっかりと固める。

俊平の動きに合わせて、後方から三人の元柳生藩士が追ってくる。

「神尾、聞こえるか」

俊平は一刀流門弟の肩ごしに声をかけた。

「やれやれ、まだ懲りぬようだな。されば私が上様に代わって、おまえらを成敗《せいばい》してくれるぞ」

「ちょこざいな、柳生。お飾りものの指南役が、強がるでない。私は、おまえなどよりはるかにはたらいてきた。それが証拠に、上様は私をなおもお見捨てにならずにおられる」

怯《おび》えた声で神尾が叫ぶ。

「さて、どうかな。おまえのこたびの所業は、すべて調べあげてある。おまえが、農民から絞り上げた税の額より、はるかに裏金で蓄えさせた金の方が大きい。それも上様はつかんでおられる」

「なに！」

「おまえが、大川に浮かぶ屋形船で怪しげな裏金づくり指南をしただけでも、すでに十余度、一度にざっと百両ずつ裏金ができたとして、すでに千両を越えている。これまで重ねてきた指南の会は、おそらくそれだけではあるまい。それを思えば、すでに万両にも及ぼう。上様はきっとお許しになるまいぞ」

「そのようなこと、まったく知らぬ」

神尾春央が、懸命に打ち消した。

「今宵の会合のために待つ沖合の屋形船は、すでに船手頭《ふなてがしら》向井将監《むかいしょうげん》殿の率いる向井水軍の関船《せきぶね》が押さえている」

「えっ」

神尾春央がはっとして後退すると、俊平がさらに追って、前に出る。

六人の浪人者が、ぐるり前面に立ち、神尾とその用人を護った。

「寄るな、こ奴ら！」

神尾春央が、じりじりと後退する浪人者に向かって叫んだ。

すでに船着き場の末端に立っているので、その先は暗い川である。

俊平がさらに踏み込むと、一列にならんだ最前列の男が、やけになって上段から撃ち込んできた。

それをかわして前に一歩踏み込み、俊平は体をひるがえして男を袈裟に斬って落とした。

浅手ではあるが、俊平の鋭い一撃を受け、男はもんどりうって川に落ちた。

すかさず踏み込んで、次の男を逆袈裟に仕留めると、この男もつんのめるようにしてはげしい水音を立て、頭から川に落ちていった。

その隙を突き、後方から柳生の浪人者三人が迫る。

俊平はひるがえって船着き場の後方に駆けもどり、前方に一文字に突き込んでいくと、三人の柳生侍は腰を浮かせて後退し、さらに踏み込むと今度は反転し、遮二無二《しゃにむに》撃ち込んできた。

体を右にわずかにねじり、相手の伸びきった右小手をぴしゃりと打てば、前方の男はうっと呻いてうずくまった。

骨が泣いている。

それを、勢いをつけて蹴りつければ、男はたまらず転がりながら頭から川に落ちていった。

「きえッ！」

その後ろ、一刀流の男たちが夜陰に気合を轟かせ、一文字に突っ込んでくる。

その剣先をたたいて巻きあげ、その拍子につるりとよろける男を、後ろから思うさま蹴りつけた。

男が、もんどりうって水に落ちる。

残った男たちは、神尾春央と用人をはねのけ、慌てて船に乗り込んでいった。

「高梨源吾、と言ったな」

俊平は、柳生の剣士に言った。

道場で立ち合った男である。

「知らぬ、わしは知らぬ」

「今日のことはなかったことにしてもよい。藩にもどれ。見てのとおり、勝負はあった。大和柳生の強豪とて、私はけっして敗けはせぬ」

「さ、されど、まだまだ勝負は……」

男がたじろぎ、後ずさりながら呻く。

「負け惜しみは言うな。もはや、これ以上は生命を懸けることとなる。柳生の郷《さと》にもどり、古老にこれまでのことを正直に伝えるのだ。江戸柳生はたしかにまだ未熟者の集まり。だが、これから私が鍛えていく。それに、私は柳生藩主だ。藩主を斬るなど、逆臣という他あるまい」

「わかった。ご免ッ!」

男は荒く一礼して、残った一人とともに闇のなかを駆け去っていった。

振り向けば、古い屋根船の陰に隠れていた浪人どもが、飛び出してくる。

手強いとみて、物陰に隠れていたらしい。

俊平が反転すると、もはや逃げ場がないとみて、次々に川に飛び込んでいった。

「神尾、おぬしを成敗してもよいが」

船に乗って、船着き場の末端で、震える神尾春央に声をかけた。

「柳生殿。お、お助けてくだされ、私は欲に目がくらんでいた。血迷うていた。どうか、斬るなどと、上様にも、ぜひにも……」

「とりなすことはとてもできぬ。私は上様より幕府内の裏金をすべて炙り出せと命じられた。この仕事に私情を挟むことはできぬ。また、おぬしになんら私情を挟むいわれもない」

「そこを……」

「知らぬな。もはや、うぬは俎板の上の鯉。上様のお裁きを待つよりあるまい」

「そ、そのような……」

神尾はへなへなと船着き場の端で膝をついた。

用人も、ひたすら額を朽木《くちき》に擦りつけている。

「どうした、神尾。うぬらしくもない。上様に重く用いられているのではなかったか。弱音を吐くな」

俊平は、苦笑いして神尾春央の肩をとった。

闇に潜んでいた玄蔵が駆け寄ってくる。

「それは、そうだが……」

「なに、上様はすでに、このお庭番の遠耳の玄蔵から、報告を聞いておられる。まだお裁きが出ぬということは、まあ一縷《いちる》の望みがないわけでもあるまい。のう」

俊平は、玄蔵に笑いかけた。

「そう思われるか。柳生殿？」

神尾が、俊平の袴にすがりついた。

「されば、これまでの裏金指南の会で語ったことを、上様にすべてご報告いたせ。幾分かは上様の心証もよくなろう。これまで教えてきた裏帳簿の項目、すべてだ。それから、おぬしが指導した城中の各奉行の名もお報せするのだ」

「それでよいのか……」

「はてな。されば、裏金が累積すればざっとどれほどの額になるかも教えてさしあげろ。さぞや驚かれよう」

「わかった。すべて柳生殿の申されるとおりにする」

「あとは、上様に今後は裏帳簿の目付役として、はたらくことをお約束することだ。さ、それで上様がどうご判断するかは、上様の胸先三寸。私にはわからぬ」

俊平はそう言って、くるりと神尾春央に背を向けると、船着き場を後に玄蔵を従え船宿〈喜仙〉に向かって歩きはじめた。

宿の二階から様子を見ていた鴻池平右衛門と掛屋〈大和屋〉の主の二人の姿はもうどこにもない。

「これで、よかったのかの、玄蔵」

並びかけてきた遠耳の玄蔵に、俊平は問いかけた。

「さて、神尾春央め。あの場だけの言い逃れでなければよろしうございますが」

玄蔵が、そう言って神尾と用人が語り合う声に耳を傾けた。

「どうやら、神妙にしておるようで」

「なに、あ奴も馬鹿ではあるまい。もはや逃げられぬと観念しておろう」

「そのようで」

俊平は、もういちど神尾主従を見かえし、船着き場の端でおろおろと立ち上がるその姿に、笑ってうなずくのであった。

三

「はは、そのようなことがあったのか。じつに痛快、わしも直《じか》にその場に立ち会ってみたかったものよの」

将軍吉宗は、柳生俊平と大岡忠相の両名から下総結城藩で繰り広げられた財宝をめぐる争いの顚末《てんまつ》を聞き、あっけらかんと笑い飛ばしてみせた。

「なに、財宝探しなどというもの、それが夢であるうちが愉しいのだ。そのままにしておきたかったが、幕府の財政難に手をこまねいているわけにもいかず、色気を出してしまったのがまちがいであった。余としたことが、いささか恥ずかしい」

吉宗は、苦笑いしてふとうつむくと、

「それにしても、水野勝庸めの慌てふためく姿が見てみたかったわ」

と、また含み笑いを始めた。

「いいえ、上様が私利私欲ではなく、また子供のような遊び心で宝探しを楽しまれたのでもなく、幕府の財政を立て直さんと本気で取り組まれたこと、よく承知しております。いや、それがしも思いのほかのめり込み、こたびはこのような顚末になって、初めて我に返ってございます」

大岡忠相は、自身ものめり込みすぎていたと苦笑いし、頭を掻いた。

「それにしてもこの話、水野のように初めからないものと思うておればよかった」

吉宗が、しみじみとした口ぶりで言う。

「玄蔵はだいぶ、疑っておったようでございましたが」

「ほう、玄蔵は意外に冷静であったのだな。それにしても、こたびの玄蔵の執念は大したものであった」

吉宗が、ハラリと白扇を開いて、ゆったりと使いながら言った。

「ここ数日、紅葉山の文庫に籠もりきりであったそうで、福井藩の代々の遠国御用のお庭番報告を、読みあさっていたそうでございます」

俊平が、玄蔵の苦労話を吉宗にも伝えた。

「あ奴の執念と探究心は学者も顔負けじゃ。奴めの前世は、大学者だったかもしれぬの」

「それを申すなら、上様とて同様でございますぞ」

忠相が笑いながら言う。

「なにゆえにじゃな、忠相?」

「お庭の大樽《おおだる》にございます。あれにて上様は、雨の量をしっかり測り、記録して作物との関係を検討されておられるそうで……。これはもはや学者も顔まけのもの。きっと上様の前世は、高名な学者だったに相違ありませぬ」

「なんの、余のものなど、ただの下手《へた》の横好き。みな、中途半端なものばかりじゃ」

吉宗は謙遜《けんそん》するが、まんざらでもない気分らしい。

俊平が、下を向いて笑いながら吉宗をうかがった。

吉宗が下手の横好きで、中途半端なところは俊平も剣や将棋の相手をして気づかされている。

「私の前世は、せいぜい百姓であろう。草鞋に紋服姿。一汁二菜が妙に心安らぐ」

「ご謙遜かと存じまする」

俊平は吉宗を見かえし、くすりと笑った。

「だが、玄蔵の説はおおいに説得力がある。私もよもやとは思った。余の知るかぎり、結城晴朝はたしかに徳川からの養子縁組を喜んでおったという。なんと、天下三槍のひとつと呼ばれていた七尺にもおよぶ大槍を、惜しげもなく結城秀康公にくれてやり、ともに城中で槍の稽古に汗を流しておったという」

「秀康公は、人に好かれるお方だったそうにございますな。太閤秀吉公にも気に入られ、きっと身も心も豊臣の者となっておられたのでございましょう」

「それにあの頃は、まだ戦国の気風がつづいておったのやもしれませぬ」

忠相が、日頃思うところを吉宗に披露した。

「戦国の気風か――」

吉宗が、納得して忠相を見かえす。

「自分なら、天下をこうして営むと、秀康殿は弟の秀忠様に替わって、天下を取るという野心をお捨てにならなかったかもしれませぬな。そして、志なかばで倒れた無念を、松平忠直公が継がれた。それゆえ、徳川御本家は警戒した。紀州家の頼宣公も同様でございました。だが、頼宣公が結城秀康公とちがったところは、頼宣公の二代後に天下をとられたお孫様がおられたことでございましょう」

俊平が、そう言って吉宗を称《たた》えた。

「まことに、人の世のさだめとはわからぬもの」

大岡忠相も、吉宗を見かえして唸った。

「裏金といえば、ひょんなことが起こっておる」

「と申されますと？」

忠相が怪訝そうに吉宗を見かえした。

「じつは越後高田藩より、五千両の金が幕府に持ち込まれた」

「五千両――？」

俊平が呆気にとられて吉宗を見かえした。

「先祖よりあずかっている金で、元はといえば、結城家の金。ただこれが最後と申しておる」

「つまりは、結城家の財宝の最後の隠し金というわけであろう。あるいはまだあるのかもの」

「して上様は、さらに追求なされまするか」

俊平が訊ねた。

「統治はすでに何代にもわたって替わっておる、今さら、どこでどうめぐってその金が温存されておったのやもしれぬ。まことに不思議なことだ」

「まったくもって」

俊平と忠相が目を丸くして、互いを見かえした。

「ともあれ、俊平のはたらきにより、幕府内の裏金が炙り出されてきたことはじつに大きな功績である。これによって、大奥の大掃除に匹敵《ひってき》する額がひねり出されるかもしれぬな」

「その件でございます。勘定奉行神尾春央殿は、上様にこたびのこと、どのように報告いたしましたか」

「うむ。あの男、昨日面会を求めてまいったが、いろいろ申しておったぞ」

「と、申されますと」

俊平と忠相が、面白そうに顔を見あわせてから、吉宗に訊ねた。

「人が変わったように神妙になりおって、各奉行が作成した帳簿の写しを山のように抱えてまいった。裏金指南の折の手引きから忘備録《びぼうろく》までのもの。隠し立てする気など、毛頭ございませぬ、などといたくしおらしいことを申しておった。すでに、腹を切る覚悟はできておりまするなどともな。心残りは、後任のことで、租税の徴収が上手くいかぬかもしれませぬが、あしからずなどと申した。あれは、余への脅しじゃ」

「それは愉快。どこまでもとぼけた男でございますな。して上様は、神尾殿になんと申されました」

俊平が、興味深げに吉宗の返答を待った。

「一度だけは許してやろう。だが、二度許しては、家臣にしめしがつかぬ。税収は減っても、腹は切らせると申した。神尾め、予想外であったのか、しゅんとしておった。なに、あの男、反省をすればまだまだ使える。だがこれからは、余がしっかりと見届けていかねばの。とかく切れ者というものは、己に自信を抱きすぎ。あ奴も、やや調子にのりすぎた」

「さすが上様でございます。罪を憎んでなんとやら、使えるものは天下のために、私情に溺れず使い切られます」

忠相は、あらためて感心して吉宗を見かえした。

「うむ、余は、そちも使い切れておるか」

「いや、滅相《めっそう》もない」

大岡が言いすぎたかと青い顔をして吉宗を見た。

「玄蔵から聞くところによれば、俊平。そちの藩の再建はまだ思うようにはいってお
らぬようじゃの」

吉宗は、わずかに眉を顰めて俊平を見た。

「借財がだいぶ溜まっており、金利だけでも、なかなかばかにできぬ額になってまい
りました」

「ふむ。そちのはたらきに見あった加増をせねばならぬと思うておるが、今は空いた
領地もなく、困っておるところじゃ」

吉宗が困ったように俊平を見かえした。

「お気兼ねなく。ゆるりとお探しくださりませ。お待ちしております」

「されど――」

吉宗は、もういちど俊平を見かえし、

「こたびの裏金のあぶり出しのおかげで、多少の余裕が生まれた。そちの裏目付とし
ての役料として、一千石ほどは付けてつかわすとしよう」

「千石、でございますか……」

「不服か」

「とんでもございませぬ。これにて、掛屋への返済の目処がつきまする。国表の藩士

どもの不満も、かなり緩和されましょう」

「それはよい。少ないが、収めてくれ。忠相、そちに不満はないかの」

「寺社奉行に就き、大幅に加増していただきましたゆえ。不満などあろうはずもございませぬ。また、今は旗本の身分にて、寺社奉行のお役目を仰せつかり、周りの目がいささか厳しうございます」

「そちも、結城の財宝を探しまわっておったゆえ、だいぶ幸を射る気持ちが強まったようじゃ。大名の地位が欲しうなったか」

吉宗は、忠相を見かえしにやりと笑った。

「滅相もございません。それがし、まことに不器用な者にて、上様に対し神尾殿のような駆け引きなど、できようはずもござりませぬ」

「うむ。さればその件、頭にだけ入れておこう」

吉宗は、相好を崩して忠相を見かえし、

「いずれ大名にも取り立てようが、忠相の場合もうひとはたらきしてからじゃ。そちも、俊平もまだまだ思いきり使える」

そう言ってから、吉宗はあらたまり、

「問題は、松平乗邑じゃ。あ奴も神尾同様にきわめてよくできる男じゃ。だが、できるがゆえに、欲も強い。あの男、結城家の財宝について、なにか申しておらなかったか」

「たびたび進捗《しんちょく》状況を聞いてまいられました。どうも神尾殿と組んで……」

「なに、神尾……」

「探りを入れてきたように見受けられます」

吉宗が、驚いて忠相を見かえした。

「なんと、あの乗邑がの……」

今度は、吉宗が俊平に目を向けた。

「これは憶測にて、軽々《とぼ》には」

俊平は首を振って惚けると、

「なに、ここだけの話じゃ、申せ」

「されば、申しあげまする。乗邑殿。あるいは財宝のこと、鴻池と示し合わせておったやもしれませぬ」

「乗邑め、油断のならぬ奴よ」

「しかし、それ以上のこと、それがしにもさだかではございませぬ」

俊平は、そのことを深追いするのはやめて、口ごもった。

「あの者、このところ知恵と力を持て余しておるようじゃ。なにか、大きな仕事を与えてやらねばならぬ」

「そのようにございます」

俊平と忠相が、揃って吉宗に平伏した。

「みな、幸いにして余の家臣は有能な者たち。いかして使うのか、まことに悩ましいものだ」

「うむ――？」

「されば一件だけ、あまり有能ではない者の処遇《しょぐう》も残っておりまする」

吉宗は俊平を見かえし、しばし考えて、

「水野勝庸めであったな」

「さようにございます」

俊平は、興味深げに吉宗を見かえした。こうなれば、吉宗が役立たずの小大名をどう処分するか見物である。

「水野家は、神君家康公以来の親藩の家柄。こたびばかりは、許してやろう。勝庸はまだ若い。まだまだやり直せる」

俊平は意外そうに吉宗を見かえした。

「どうした、俊平」

「いえ、上様はやはり、温情あふれるよき上様でございます」

俊平も、それでよいと思った。

だが、傾いた水野家の屋台骨《やたいぼね》を立て直すのは、あの若輩者にはさぞや大変であろう、と俊平は思う。

「大名も、この太平の世、畳の上で胡座《あぐら》をかいておるようでは駄目ということじゃ」

「されば、どうしたらよろしうございます」

俊平が膝を詰めて訊ねた。

「はて、それはそちがよく考えよ。俊平、そちのところには、まだこれといった産業は育っておらぬ」

「柳生藩は山のなか。せいぜい木材を切り出し、炭を焼いて出荷しておるのが精いっぱいにございます」

「そう言わず、考えてみてはどうじゃ。これより後の世では、剣術の役割はますます小さくなろうほどにな」

「まことに。剣術稼業のみでは、当藩も明日が見えてまいりませぬ」

俊平は、首を撫でて応じた。

「とまれ、両名、こたびはようはたらいてくれた。俊平、次の一手を考えておくのだぞ」

吉宗は、平伏する俊平と忠相を見かえし、満足そうにのそりと立ち上がるのであった。

四

「おいおい。この金はお庭番の裏金から出ているのではあるまいの」

柳生俊平は、遠耳の玄蔵が差し出した包み金四つ、百両の金を疑り深げな眼差しで手に取った。

「とんでもございません、これはれっきとした上様からの差し入れで」

玄蔵は、笑って上様からというところを強調した。

この日船宿〈喜仙〉の二階に集まったのは、大御所二代目市川団十郎とその付き人達吉、立花貫長と供の奴顔《やっこ》の諸橋五兵衛《もろはしごへえ》、段兵衛、さらに公方様喜連川茂氏主従。

またさらにめずらしく俊平の側室伊茶、小姓頭慎吾の姿もある。さなえも顔を出した。

立花貫長も、公方さまこと喜連川茂氏も、上様と聞いて襟を正し、ちょっとばかり神妙な顔つきである。

　このたび吉宗は、他ならぬ柳生俊平の柳生藩が借財に追われ、親しい仲間が百両また百両と金を寄せあい、工面してやっていると聞き、いたく感激して、

　――一席もうけて、みなの善意に酬《むく》いてやってくれ。

　と、ポンと百両を用意したのだという。

「ということで、急ぎみなさまにお声をかけ、ここ〈喜仙〉に集まっていただいたというわけでござる」

　俊平が、あらたまった口調で言った。

「だが、この店でいくら飲み食いしたところで、まず百両ほどはかかるまい。上様はずいぶんと気前のよいことをなされる」

　貫長がそう言えば、

「たしかに」

　と、俊平も首をかしげた。

「いえいえ。僭越《せんえつ》ながらここの払いで残った金は、借財の返済に当ててほしいと、上様は仰せられておられます」

　玄蔵が手でみなを抑えて、吉宗の言葉を補《おぎな》った。

「それは、なんとも細やかなお心づかいだ」

俊平もそれを聞き、さすがに吉宗の配慮に言葉もない。

「まことに、こたびは方々に世話になりました。私も、さほど涙もろいつもりはなかったが、皆様のご厚意には、ついつい涙が出てしまった。これほど早くお返しできるとは思っていなかったが、なんとか役料がついて、商人から金を借りずに藩の遣り繰りができるようになった。なんともありがたいことです」

役料はすぐには換金ができないが、江戸藩邸の金蔵をはたいて惣右衛門と慎吾が用意した金を大風呂敷に包み、持参した金がみなの前に広げられている。

「大御所に三百両。それから貫長殿に百両。公方様に五十両。いやいや、なんともありがたき金であって、言葉もない」

俊平も繰り返し繰り返し言うのは、よほど嬉しかったのであろう。

「こんなに早く返して貰えるものなら、貸した甲斐《かい》があまりないが、それはそれで取っておくよ。お宝は見つからずじまいで、倍返しというわけにはいかなかったようなのが残念だがね」

大御所団十郎が、そう言ってこころよく三百両を受け取った。

「それにしても俊平殿、やはり財宝は出ずか――」

返された五十両をおっとりした顔の用人に手渡し、茂氏が伊茶の向ける銚子《ちょうし》の酒を嬉しそうに受けて言った。

「いや、出たといえば出た」

俊平はちょっと意外そうに茂氏に伝えた。

「そうか。私はないと踏んでいたが」

茂氏が、あっけらかんとした顔で言う。

「やはりあったか」

貫長が、呆れて茂氏を見かえした。

「わしの喜連川藩は、むろん足利幕府方にあったが、結城合戦ではかの結城家を向こうにまわし苦戦を強いられたこともあった。坂東の土豪が大勢加勢に加わったからだ。だが、考えてみれば、一大名にすぎない結城家が、実質百万石といわれるほどの財力の室町幕府に大戦さをしかけるなど、奥州藤原氏の黄金がなければつづけられたはずもなかったということか」

「なるほど、それは道理だ」

立花貫長も、納得して盃を呷《あお》った。

「あの戦さに敗れて、ひどく落ちぶれた結城家が、ふたたび太閤に引き立てられ甦えったのはたしかに妙だ。黄金好きの太閤には、だいぶ土産を持参したのだろう」

公方様は飄々とした口ぶりで言った。

「そのとおりでございます。私も同意いたします。すべて、それで辻褄が合います」

伊茶姫も、かねてからの自説と公方様の意見が同じなので満足げである。

「足利幕府のお血筋の方だけのことはたしかにある。歴史を見る目がちごうておる」

立花貫長も、なるほどと感心している。

段兵衛も、ちょっと離れた席で感心している。

「みなにそのように褒められては、ちと気恥ずかしいがの」

めずらしく、茂氏は大袈裟に照れながら、

「だが、俊平、そなたも、太閤に黄金を手土産にしたとは申しておったぞ」

茂氏が、思い出したように俊平を見かえした。

「いや、すまぬ。確信があってのことではなかった。それに、上様があれほど入れ込まれておられるのに、水を差すわけにもいかぬでな」

茂氏は、そう言って首を撫でながら、

「とまれ財宝探しはこれくらいにしておこう。あきらめがついただけよかった。あのようなもの、泥沼に足を踏み入れたようなもの、足がズブズブと深みに嵌《はま》れば抜き差しならず、ついには人まで狂うてしまうという」

茂氏は俊平を見かえし目を細めた。

「で、裏金のほうは、だいぶもどってきたのですか、柳生殿」

船宿自慢の白魚《しらうお》をつまみながら、大御所が訊いた。

「ああ、神尾め、さすがに懲りたようだ。各奉行に言って、ありったけの裏帳簿を持ってこさせて、上様のもとに持参したという」

俊平が面白そうに報告した。

「ほう、最後は上様のお慈悲にすがったか。したたかな男よ。上様は、あれでおやさしいところがあるからの。いずこの奉行も、許していただけると踏んだか」

公方様こと喜連川茂氏が、にやにや笑いながら言った。

「おかげで、上様の御座所は部屋いっぱいに裏帳簿が積み上げられてしまい、さすがの上様も困りはてて、見るのもうんざりと早々に遠ざけられたという」

「それに、ほとんどの部署で裏金はつくられていたようで、そのすべてを罰し、奉行どもの腹を切らせては、もはや幕府が立ちゆかないことになりやす」

玄蔵が笑いながら言った。

「そいつは、そうだろうねえ。神尾め、数でいなおっちまったってことかもしれねえな」

大御所が、面白そうに言って笑った。

「ところで、大御所。あんたの一座は、大丈夫かね。みなでこっそり裏帳簿をつけてるなんて、笑えない話だよ」

今度は、茂氏がからかい半分に言った。

「ご心配ありませんや。うちは、とことん笊勘定《ざるかんじょう》でございますよ。芝居しか目のねえ連中ばかり。裏帳簿なんて付ける器用なお人など一人もいやしません」

「なるほど、それはそうかもしれぬな」

俊平も、一座の男たちの顔を思い浮かべてすぐに納得した。

「金というもの、まこと正直者が陽の下で汗を流し、地を耕《たがや》して得るべきものよ。そうではないか」

公方様が、しみじみと言った。

「だが、それは百姓のすることではあっても、武士にはできぬ相談。武士は、太平の世にはやはり無用の長物《ちょうぶつ》ということなのか。それに、お上よりいただく禄は決まっており、しだいに世が贅沢になって目減りしてくる」

貫長が、茂氏を見かえして嘆けば、

「暮らしのきつくなった藩は、これからの世の中、なにか殖産に励まねば、飯が食えぬようになるということよの」

貫長が、憂い声で言うと、

「おぬしのところは、黒い石が採れるからまだよい。だが、柳生の庄は山のなか。せいぜい材木を切り、炭にして売るしかできぬ」

俊平が、あきらめたように言った。

「まあ、焦ることはないぞ、俊平。土地があれば、花でも育てられよう」

立花貫長が、俊平を励ますように言った。

「花か。それもいいの。綺麗な殖産だ」

それを聞いて大御所が、盃を置いて言った。

「柳生様。そうしませんか。お里には、どんな花が咲いておりますか？」

付き人の達吉が訊ねた。

「さてな、野の花ばかりだが……、そうだな、花菖蒲《はなしょうぶ》はそれなりに見事なものだ。一度見せてやりたいほどだ」

俊平が、思い出して手を打った。

「そいつはいい。それじゃ、まず大きな花菖蒲をおつくりなさいまし。それを江戸や京、大坂で売りさばくんです」

調子に乗って大御所が誘いかけるように言った。

「さすがに大御所。いい商売の勘を持っておられる。それでいこう」

貫長も、面白そうに膝をたたいた。

賑やかな膳がつぎつぎにつづく。さすがに百両あれば、つまらない半端な金の計算はどうでもよくなる。

「それはそうと、柳生殿。お国表が二派に分かれて荒れておると、伊茶どのが心配されていた。あれは、その後どうなったのだ」

段兵衛が心配そうに訊ねた。

「その話だ。お役料の千石がついたと伝えると、だいぶ不満は解消された」

俊平が、確認するように惣右衛門を見かえせば、惣右衛門がそのようだと笑ってうなずく。

みなの間から、安堵の吐息が洩れた。

「それはそうと、船宿に現れた刺客は、柳生家の者だったというではないか」

「えっ」

それは聞いていないと、段兵衛が耳をそばだてた。

「残念だがまちがいない。だが、それを言うてもせんないことだ。雨降って、地固まるともいう。国表と江戸はじつは兄弟喧嘩のようなものだ。お互いへの配慮が足りなかったのであろう。国表では、養子の浮かれた若殿がいい調子でツケを押しつけてきたとでも思っていたのだろう。だが、これで、少しは私のことも知ってもらえたであろうよ」

「ほんとうに、いちばんご苦労されておられますのは俊平様でございますのに」

伊茶が、不満そうに言えば、

「なに、国表から訪ねてまいられた村瀬甚左衛門殿も、帰国する頃には、ちと和《やわ》らいだ眼差しを送るようになっておられたようでした」

惣右衛門が、そう言ってうなずいた。

「それは初耳だ。知らなかったぞ」

俊平が、驚いて惣右衛門を見かえした。

「俊平殿の剣の腕も、高弟どもも竹刀を合わせてよくわかったことであろうな」

貫長も、大きくうなずいた。

「されば、いちど国表にもどって江戸の事情を話して来ようと思う」

俊平が、秘かに考えていたことを初めて口にした。

「それがよろしうございます。大御所発案の菖蒲園のお話も、みなでご一緒にご検討なされてみては」

伊茶が、大御所を見かえして言った。

「あれは、ほんの座興のような話。伊茶さまに、そんなに気をつかっていただかなくたっていいんですよ」

大御所が笑って言えば、

「いいえ、とてもよい案と存じます。瓢簞《ひょうたん》から駒、柳生藩を救う花となるやもしれません」

「いいねえ、大御所。なら、大御所の名を宣伝に使わしておあげになったらどうだろうね」

段兵衛が、ぜひにもと大御所に訊ねた。

「そりゃ、かまいませんよ。でも、あっしの名なんぞより、ここは足利公方様の名のほうが、菖蒲にはふさわしいいんじゃゃ」

「そうかねぇ」

公方様喜連川茂氏が、ちょっと嬉しそうに首を傾げてみせた。

「じゃあ、いっそのこと〈公方菖蒲〉て名を付けてしまおう。まんざらでもないよい名であろう」

調子に乗って、俊平が面白そうにそう言うと、

「いいねえ。〈公方菖蒲〉か。まことに品があり、立派な菖蒲の感じがする。将軍家の菖蒲は勝負に通じるしね。この菖蒲はどこか別格の気高さだ」

貫長も、感心して唸るような声を出した。

「よし、決まった。〈公方菖蒲〉の成功を祈って、このあたりで」

段兵衛が大御所を見かえして、手を広げた。

「わかりましたよ。いつもの三本締めでございましょう」

苦笑いして、大御所がうなずいた。

本人も派手な役まわりは、やりたくて仕方がないらしい。

「せっかく大御所が来ているんだ、やっぱり大御所じゃなくちゃ。だけどこれは、中締めだよ。宴は、まだまだこれからたけなわだ」

公方様が、ぜひにと大袈裟に大御所を拝んだ。

「上様からのご祝儀の酒だ、それをあっしの手拍子で締めるなんて、名誉なことでございますよ」

大御所が機嫌よく立ち上がると、みな、盃を置いて両手を八の字に広げる。

「それじゃあ、不肖《ふしょう》この市川団十郎が音頭《おんど》を取らせていただきやす。皆様、まずはお手を拝借――」

大御所が気合を入れると、

よーっ、

パパン

パパパン

パパパン　パン

賑やかな三本締めが、部屋いっぱいに轟きはじめた。

大勢の酔客がのぞきに来る。

大御所を見つけるや、みなもう大喜びで揃って手をたたき、賑やかな三本締めが、いつまでも船宿いっぱいに轟きわたるのであった。

時代小説

二見時代小説文庫

黄金《おうごん》の市《いち》　剣客大名《けんかくだいみょう》　柳生俊平《やぎゅうとしひら》9

著者　麻倉一矢《あさくらかずや》

発行所　株式会社　二見書房
東京都千代田区神田三崎町二－一八－一一
電話　〇三－三五一五－二三一一［営業］
〇三－三五一五－二三一三［編集］
振替　〇〇一七〇－四－二六三九

印刷　株式会社　堀内印刷所
製本　株式会社　村上製本所

落丁・乱丁本はお取り替えいたします。
定価は、カバーに表示してあります。

 ISBN978－4－576－18057－1
http://www.futami.co.jp/

麻倉一矢

剣客大名 柳生俊平

シリーズ

以下続刊

将軍の影目付・柳生俊平は一万石大名の盟友二人と悪党どもに立ち向かう！ 実在の大名の痛快な物語

① 剣客大名 柳生俊平 将軍の影目付
② 赤鬚の乱
③ 海賊大名
④ 女弁慶
⑤ 象《ぞう》耳《みみ》公《く》方《ぼう》
⑥ 御前試合
⑦ 将軍の秘姫《ひめ》
⑧ 抜け荷大名
⑨ 黄金の市

上様は用心棒

完結

① はみだし将軍
② 浮かぶ城砦

かぶき平八郎荒事始

完結

① かぶき平八郎荒事始 残月二段斬り
② 百万石のお墨付き

沖田正午

北町影同心 シリーズ

以下続刊

① 閻《えん》魔《ま》の女房
② 過去からの密命
③ 挑まれた戦い
④ 目《め》眩《くら》み万両
⑤ もたれ攻め
⑥ 命の代償
⑦ 影武者捜し
⑧ 天女と夜叉

江戸広しといえども、これ程の女はおるまい。北町奉行が唸る「才女」旗本の娘音乃は夫も驚く、機知にも優れた剣の達人。凄腕同心の夫とともに、下手人を追うが…。

二見時代小説文庫

森詠

剣客相談人 シリーズ

一万八千石の大名家を出て裏長屋で揉め事相談人をしている「殿」と爺。剣の腕と気品で謎を解く！ 以下続刊

① 剣客相談人 長屋の殿様 文史郎
② 狐憑きの女
③ 赤い風花《かざはな》
④ 乱れ髪 残心剣
⑤ 剣鬼往来
⑥ 夜の武士《もののふ》
⑦ 笑う傀儡《くぐつ》
⑧ 七人の剣客
⑨ 必殺、十文字剣
⑩ 用心棒始末
⑪ 疾《はし》れ、影法師
⑫ 必殺迷宮剣
⑬ 賞金首始末
⑭ 秘太刀 葛の葉
⑮ 残月殺法剣
⑯ 風の剣士
⑰ 刺客見習い
⑱ 秘剣 虎の尾
⑲ 暗闇剣 白鷺
⑳ 恩讐街道
㉑ 月影に消ゆ
㉒ 陽炎剣秘録

二見時代小説文庫